매드독스 14권 완결

초판1쇄 펴냄 | 2017년 11월 30일

지은이 | 까마귀
발행인 | 성열관

펴낸곳 | 어울림 출판사
출판등록 / 2009년 1월 23일 제313-2009-12호
주소 / 경기도 고양시 일산동구 장항동 731 동하넥서스빌딩 307호
TEL / 031-919-0122
FAX / 031-919-0127
E-mail / 5ullim@hanmail.net

Copyright ⓒ2017 까마귀
값 8,000원

ISBN 978-89-992-4415-5 (04810)
ISBN 978-89-992-3821-5 (SET)

DULIM MODERN FANTASY

매드독스

14

<완결>

까마귀 현대판타지 장편소설

어울림

목차

필독   7

어둠 속을 가르는 시퍼런 바람   9

팔다리가 잘린 몸통은
멀쩡하게 나아갈 수 없다   59

바닥을 드러냈으면 뼛속까지 깊게 파내야지   111

자신의 무덤은 스스로 파도 볼 수 없다   161

허무한 짓거리를 끝내야 할 시기   197

탑은 공들인 만큼 빠르게 무너진다   235

Epilogue — 8년 후   285

필독

본 소설에 등장인물과 사건 및 특정용어에 대해선 현실과 전혀 무관합니다. 오로지 작가의 머릿속에서 나온 상상력이 니 오해가 없으시길 부탁드립니다.

어둠 속을 가르는 시퍼런 바람

"다들 빨리 움직여!"

대동요양원에는 천익을 퇴직하여 배치된 30명의 요원들이 있었다. 그들은 3교대로 돌아가면서 요양원 건물과 주변을 지켜 왔다.

김인철은 지하에서 그런 부하들에게 무전을 계속 넣으며 소리쳤다.

다다다다닥! 다다닥!

바깥과 건물을 지키던 천익의 요원들은 그 무전을 받자마자 두세 명씩 안으로 들어섰다.

그들의 모습을 지켜보던 김인철은 CCTV 모니터가 설치된 방으로 들어갔다. 조민아의 보고대로 수상한 그림자들이 숲을 통해 걸어오고 있었다.

"정말 경찰특공대가 왔군."

조금이라도 복귀 명령이 늦었다면 요원들과 그들이 마주쳤을 것이다. 아슬아슬했다고 생각한 김인철이 안도의 한숨을 내쉬었다.

그 사이 김인철의 직속부하인 유경진이 다가섰다.

"요원들은 모두 복귀했습니다."

"지하로 들어오는 통로는 봉쇄했겠지?"

"완료했습니다. 발견하지도 못하겠지만 안다고 해도 절대 열지 못할 겁니다."

대동요양원 지하는 천익과 월드세이프 펀드에서 은밀하게 공사해 놓은 장소였다. 내부 벽은 두꺼운 콘크리트와 철근으로 보강해 놓고, 외부와 연결된 출입구들도 모두 기계식 철문으로 막았다.

"그럼 흔적이 남지 않는 녀석들만 남고, 나머지는 여길 폐쇄하고 나가도록 하지. 난 여길 마무리 짓고 나가겠다."

엄청난 규모의 금괴와 현금이 보관되어 있었다.

당연히 아무도 남기지 않고 나가기에는 문제가 되었다.

"알겠습니다."

유경진은 밖으로 나가 도열해 있던 요원들 중 몇 명을 골랐다. 그들은 천익에서 퇴직한 것이 아닌 비밀 마을 경비대 출신이었다.

처음부터 어떤 조직에도 속했던 기록이 없기 때문에 발각된다고 해도 문제없었다.

"준비되었나?"

CCTV 자료를 모두 소각시킨 김인철이 밖으로 나오며 물었다.

"이제 출발하시면 될 것 같습니다."

"3개 조로 나뉘어 각각 다른 통로를 통해 나간다."

바깥으로 연결된 비밀 통로는 모두 3개였다.

요원들은 무장상태를 확인하고서 지시대로 걸음을 옮겼다.

⊙⊙

한편, 경찰특공대 복장의 사내들은 언덕을 걸으며 대동 요양원과 가까워졌다. 그들은 총을 든 채 조심스럽게 주위를 살피며 걷고 있었다.

적막함이 감도는 가운데 선두에서 걷던 한 사내가 멈추더니 손가락을 치켜 올렸다. 나무 위로 희미하게 반짝이는 카메라의 불빛을 발견한 것이다.

"CCTV…? 역시 이곳에 뭔가 있군."

경찰특공대 소속인 그는 부하의 발견에 마스크 밖으로 비치던 미간을 찌푸렸다. 그리고 조용히 무전기 버튼을 눌러 지시를 내렸다.

"모두 요양원으로 진입한다!"

—Roger!

—Roger!

—Roger!

그가 있는 곳을 제외한 다른 팀원들에게서 무전으로 대답이 들려왔다. 다른 팀의 목소리가 들리자 해당 팀의 팀장, 유승찬은 걸음을 더욱 빨리 옮겼다.

낡은 철조망으로 가로막혀 있었지만 방해는 되지 않았다. 미리 준비해둔 휴대용 절단기로 철조망을 잘라내고 지나갈 수 있었다.

대동요양원 구역 내로 들어서자 침묵이 흘렀다.

겉으로만 보면 아무도 살지 않는 것처럼 보였다.

그러나 천익의 데이터베이스에서 발견된 정보라면 주둔한 병력이 분명히 존재할 것이다.

"4개 조로 나눠진다. 체포를 우선시 하도록."

상대방이 어떤 무장을 했는지는 알 수 없었다.

그렇기에 무작정 총기 사용을 허가하기가 어려웠다.

지시가 떨어지기 무섭게 팀장을 따르던 12명의 인원은 3명씩 나눠졌다.

그들이 뿔뿔이 흩어지자 경찰특공대와 같은 차림을 한 3명의 사내가 들어섰다.

"모두 출발한 것 같군요."

먼저 말을 꺼낸 사람에게서 익숙한 목소리가 흘러나왔

다.

"우리도 출발해야죠. 배 팀장님과 김욱현 요원님은 조심해주세요. 적들은 권총을 들고 있을 겁니다."

세 사람은 차준혁과 배진수, 김욱현이었다.

이번 작전에 참가할 수 없는 입장이었기 때문에 확인사살을 위해 장비까지 준비해서 몰래 끼어들었다.

"알겠습니다. 바로 움직이도록 하죠."

차준혁과 두 사람은 곧바로 걸음을 옮겨 대동요양원으로 들어갔다. 경찰특공대원들의 움직임은 외곽 쪽 유강수가 체열 감지기를 사용해 보고해주었다.

물론 차준혁은 그들과 마주치기 전에 가장 중요한 장소의 입구를 발견할 수 있었다.

"여기입니까?"

조심스럽게 도착한 장소는 요양원 지하 1층 세탁실이었다. 오랜 세월이 지나 모든 기기들은 망가진 것으로도 부족해 먼지가 수북하게 쌓여 있었다.

"맞습니다."

"여긴 어떻게 알고 계신 겁니까?"

조용히 뒤따라오던 김욱현은 차준혁이 비밀 통로의 입구를 정확히 알고 있자 놀라워했다.

"대동요양원의 재시공 도면을 어렵게 발견했습니다. 그것에서 세탁실로 연결된 공동을 찾아낸 겁니다."

"그러셨군요. 정말⋯ 정보 수집 능력이 뛰어나십니다."

배진수 또한 그의 실력에 놀라워하면서 비밀 통로를 어떻게 열지 지켜보았다.

"여기서부터 더욱 조심해야 하니 긴장하세요."

천익에서 인원을 남겨뒀을지도 몰랐다.

예전에는 비상사태가 벌어졌던 적이 없었지만 플랜 중에 그런 부분이 있었기 때문이다.

본래 미래에서 이곳을 지켰던 차준혁은 그런 기억들을 떠올리며 비밀 통로의 입구 버튼을 찾아냈다.

벽걸이 거울 뒤쪽에 살짝 뜬 부분이 있었다. 그곳을 누르자 비밀번호를 누를 수 있는 자판이 드러났다.

"기계식이군요. 이건 번호를 알아야 하겠는데요……."

시스템으로 운영되는 전자식이라면 해킹이 가능했다.

그러나 기계식은 번호에 따라 전기 신호로만 작동되어 다른 방법이 없었다.

"그건 걱정하지 않으셔도 됩니다."

워낙 오래된 기계식이었기에 비밀번호를 바꾸지 못했다. 그렇다 보니 차준혁이 이곳을 지켰을 때도 정해진 비밀번호로만 유지되었다.

'4… 5… 1… 2…….'

삑! 삑! 삑! 삑!

네 자리수의 번호를 누르고 나니 한쪽 벽이 흔들렸다.

그리고 천천히 위로 올라갔다.

"비밀번호도 알고 계셨던 겁니까?"

"이곳을 설계한 사람의 관계자를 알아낸 것뿐입니다. 대신 신변을 밝히지 말아 달라고 하더군요."

"진짜 마스터의 정보력은 믿기지가 않습니다."

차준혁은 열린 문을 쳐다보다가 내려가려던 그들을 급히 세웠다.

"감탄은 나중에 해야 할 듯싶습니다."

입구 너머에는 밑으로 향하는 계단이 있었다.

그런데 그쪽에서 비밀 통로가 열렸다는 것을 알아챘는지 희미한 살기가 느껴졌다.

"적입니까?"

"문이 곧 닫힐 테니… 일단 내려가도록 하죠. 제가 선두에 서겠습니다."

그들이 들어서자 올라갔던 벽이 내려와 닫혔다.

저벅. 저벅.

지하 통로까지는 3분 정도 내려가야 했다.

한 걸음씩 걸어 내려가는 사이, 차준혁은 살기가 강해지지 않을 정도로만 일으켰다.

청력이 증폭되면서 계단 밑에서부터 소리가 들려왔다.

"누구지? 대장님을 비롯해 모든 요원들은 모두 바깥 통로로 향했잖아."

"상관없이 누구든 보이는 대로 처리한다."

두 사람의 목소리였다.

차준혁은 걸음을 멈추며 뒤의 두 사람을 세웠다.

"총을 가진 것 같습니다. 제가 처리할 테니 완료되면 내려와주세요."

어둠 속에서 소곤소곤 이야기하자 배진수와 김욱현은 고개를 끄덕였다.

한편, 비밀 통로에 남아 있던 2명의 요원들은 계단을 향해 총구를 겨누고 있었다. 그들은 상황이 무사히 종료되기를 기다리다가 비밀 통로의 열림을 알리는 램프를 보고 지금처럼 대기 중이었다.

"왜 이렇게 안 내려오지? 설마 우리가 있다는 걸 알아낸 건가?"

"그래도 소용없어. 계단에서는 문을 열 수 없으니까."

비밀 통로를 열기 위해서는 밑으로 내려와야만 했기에 계단에는 도망칠 공간이 존재하지 않았다. 당연히 그들의 생각으로는 누가 들어왔든 구석에 몰린 쥐새끼였다.

"내가 올라가보지."

"아니야. 같이 올라가서 처리하자."

두 사람은 야간 투시경을 착용한 뒤 천천히 계단을 올라갔다.

저벅. 저벅.

그때 갑자기 계단의 불이 환하게 들어왔다.

"아아아악!"

"뭐, 뭐야!"

야간 투시경을 쓴 채로 불빛을 보면 일시적으로 시력이 마비되었다. 그와 동시에 사내들의 희미한 시야 속에서 누군가 튀어나왔다.

퍼퍽! 퍽!

바로 차준혁이었다. 그곳에 주둔한 사람이 아니면 알 수 없는 스위치를 찾아 올린 뒤에 습격한 것이다.

"크윽……!"

사내들은 급소를 제대로 맞고 계단 위로 쓰러져 갔다.

그러자 구석에 숨어 있던 배진수와 유강수가 뛰어나와서 사내들을 포박했다.

"이 녀석들뿐일까요?"

"그만한 소리가 들렸다면 더 올라왔을 겁니다. 일단은 바로 내려가 보도록 하죠."

계단을 내려가자 널따란 지하 아지트는 텅 비어 있었다. 비상 플랜대로 최소한의 인원만 남기고 모두 탈출한 것이다.

"대동요양원 지하에 이런 시설이 있었다니… 정말 놀랄 일이군요."

"그러게요. 완전히 비밀 기지인데요?"

배진수와 김욱현은 신기하다는 듯이 주변을 둘러봤다.

"오랫동안 준비해 온 것일 테니까요. 시간이 없으니 바로 금고로 가도록 하죠."

그사이 차준혁은 익숙한 길을 따라 뛰었다. 비밀 아지트의 제일 구석진 곳에 커다란 철문이 세워져 있었다.

"이곳이 금고로군요."

"맞습니다. 입구와 마찬가지로 기계식입니다."

차준혁은 오랜만에 마주한 금고를 보면서 눈살을 찌푸렸다. 본래 미래에서는 자신도 방금 전 사내들처럼 금고를 지키고 있었기 때문이다.

'여기에 금괴들이 들어 있겠지.'

이내 차준혁의 시선이 가운데 장착된 금고의 다이얼로 향했다.

"직접 여시려는 겁니까?"

"이 금고는 90년대 초반에 독일에서 만들어진 것입니다. 열기가 까다롭기로 유명하니, 검찰에서도 심하게 애를 먹을 겁니다."

금괴가 확실하게 드러나야 검찰수사에 진척이 있을 것이다. 차준혁은 거기까지 생각하면서 몸을 풀었다.

"저희는 경계하겠습니다."

"아니요. 저쪽 구석으로 가면 발전기가 있을 겁니다. 배팀장님은 그걸 작동시켜주세요."

"발전기요?"

"그걸 작동시키면 외부 통로에 입구가 열리고 불이 들어올 겁니다."

요양원 지하 아지트는 필요 구역에만 발전기를 돌려 전력을 공급했다.

비밀 유지를 위해서 개폐기 이외에 외부로 통하는 출입

구나 전등은 작동시키지 않았다.

"무슨 말씀이지 알았습니다. 바로 작동시키죠."

배진수는 곧장 걸음을 옮겼다.

차준혁은 그의 뒷모습을 보다가 다시 금고 다이얼을 쳐다봤다. 그리고 살기를 최대치로 뿜어내면서 오감을 극대화시켰다.

본래 미래에서는 상부에서 특별히 관리하던 것이라 비밀번호를 몰랐다. 그래서 소리와 촉감만으로 금고의 비밀번호를 알아내야 했다.

티디디딕! 티디디딕!

다이얼이 돌아가면서 희미한 소리가 들려왔다.

차준혁의 손끝이 예민해지면서 비밀번호에 걸쳐지는 느낌이 전해졌다.

'이 능력이 없었으면 큰일 났겠어.'

초감각은 언제나 차준혁에게 큰 도움을 주었다.

물론 지금도 마찬가지였다. 그렇게 번호가 하나씩 맞춰지더니 마침내 잠금장치가 풀렸다.

철컥!

그와 동시에 한쪽 구석에서 발전기가 돌아가는 소리가 들려왔다.

우우우우웅──

요양원 경비대장인 김인철은 9명의 요원들과 함께 비밀

통로를 걷고 있었다. 그런데 출구까지 얼마 남지 않았던 상황에서 갑자기 불이 들어왔다.

"…뭐지?"

잔류한 요원들이 폐쇄시킨 발전기를 작동시켰을 리는 없었다. 당연히 비밀 아지트에 무슨 문제가 생겼다는 의미였다.

"설마… 지상에서 온 검찰이 비밀 통로를 발견해서 개방했나?"

관계자가 아니라면 절대로 알지 못했다. 의구심이 깊어지던 사이, 가까워졌던 비밀 통로의 출구가 열렸다.

발전기가 작동하면서 그곳으로도 전력이 흘러들어 갔기 때문이다.

"대장님! 전방에 누군가 있습니다!"

부하의 외침에 뒤를 돌아보던 김인철은 아차 싶었다.

"모두 옆으로 숨어!"

철컥— 철컥—

비밀 통로 앞에 있던 사람들은 지상과 마찬가지로 경찰특공대였다. 그들은 미리 기다리고 있다가 문이 열림과 동시에 총을 겨누며 들어섰다.

"모두 투항해라!"

경찰특공대는 전방에 방패를 내세우고 있었다. 나름대로 총기에 대비하기 위해서였다.

뒤로 선 경찰특공대장의 외침에 김인철은 더욱 분노가 치솟았다.

"빌어먹을! 대체 어떻게 된 거지……?"

외부 CCTV로는 그들의 접근이 보이지 않았다.

그러나 경찰특공대는 기다렸다는 듯이 출구 앞에 서 있었다. 당연히 모든 것이 계획된 것처럼 느껴졌다.

"주변을 전부 포위한 상태이니 투항해라! 너희들은 여기서 도망칠 수 없다!"

김인철은 다른 출구로 향한 요원들을 떠올렸다.

"설마… 아지트와 다른 곳도……?"

갑자기 불이 들어온 상황도 이상했다. 분명히 누군가가 발전기를 작동시킨 것이니, 침입자가 있다는 의미였다.

"대, 대장님. 이제 어떻게 합니까?"

부하의 물음에 김인철은 빠르게 머리를 굴렸다.

그러나 지금 상황에서 도망칠 방법을 찾기란 매우 어려웠다.

"…어쩔 수 없지."

결정은 내린 김인철은 권총과 함께 수류탄을 꺼내들었다.

"여길 폭파시킬 생각입니까?"

"방법이 없다. 하지만 완전히 묻어버리면 그동안 어르신께서 상황을 정리해주실 수도 있다."

"알겠습니다."

그의 부하가 다른 동료들에게 눈짓해 보였다.

그들은 김인철의 손에 쥐어진 수류탄을 쳐다보면서 준비를 시작했다.

"뛰어!"

팅—

핀이 뽑힌 수류탄은 경찰특공대를 향해 굴러갔다.

"모두 피해!"

그것을 발견한 경찰특공대는 황급히 뒤로 물러섰다.

콰쾅!

수류탄이 터짐과 동시에 비밀 통로의 천장이 부분적으로 무너져 내렸다. 물론 그 전에 몸을 피한 천익의 요원들은 그 광경을 지켜보며 차단에 성공했다고 여겼다.

"모두 무사한가?"

"무사한 것 같습니다."

"그럼 아지트로 돌아간다. 아마 다른 출구 또한 지금과 같은 상황일 것 같다."

말을 마친 김인철은 상황 보고를 위해 핸드폰을 꺼내 들었다. 그러나 출구가 무너져 내린 탓인지 신호가 터지지 않았다.

"되는 일이 없군!"

그사이 차준혁은 금고를 열어 내용물을 확인했다. 엄청 난 금괴와 현금이 금고 안을 빼곡하게 채운 상태였다.

발전기를 켜고 돌아온 배진수나 김욱현 또한 입을 다물지 못했다. 하지만 갑작스런 폭음이 울리자 고개를 돌릴 수밖에 없었다.

"폭탄인가?"

배진수의 물음에 차준혁의 표정도 심각해졌다.

"무엇이든 누가 터뜨렸나봅니다."

폭음의 방향은 북쪽 출입구였다.

차준혁은 출구에서 대기했던 경찰특공대가 걱정되었다.

'미친 녀석들이군. 여기서 터뜨렸다가는 다 죽는다는 걸 모르나?'

천익의 요원들은 궁지에 몰린 탓인지 무모해진 것 같았다. 때문에 차준혁은 잠시 벗어 놓았던 마스크를 뒤집어썼다.

"제가 좀 가봐야겠습니다."

"저희도 같이 가겠습니다."

배진수와 김욱현도 따라나서려고 했다.

"아닙니다. 만약 그들이 순순히 투항하지 않았다면 난리를 일으킨 뒤에 이곳으로 돌아올 겁니다. 여기서 그들을 막아주셔야 합니다."

아직 북쪽 출구 외에는 별다른 소리가 들리지 않았다.

그러한 상황에서 중앙을 비워둘 수도 없었다. 물론 차준혁도 같이 있어도 되었지만 폭음 탓에 가봐야 할 것 같았다.

'폭탄이든, 뭐든 터트릴 정도라면… 기습해야 해.'

경찰특공대는 기다리고 있다가 그들과 대치했을 것이다. 그들로서도 갑작스런 상황에서 위험한 선택을 한 만큼 정비하지 못했을 것이 분명했다.

여기까지 오게 하기보다는 먼저 치는 것이 유리했다.

"알겠습니다. 하지만 조심하십시오."

"일단 위쪽 출입구를 열어 놓으세요. 스위치는 계단 옆에 있습니다."

차준혁은 제일 먼저 쓰러뜨린 요원들에게서 압수한 권총과 탄창을 챙겼다. 비좁은 비밀 통로에서 벌일 싸움이다보니 근접전만으로는 한계가 있기 때문이다.

'그런 상황에서 폭탄이든, 수류탄이든 썼다면… 쉽지 않을지도 모르겠군.'

북쪽 출입구로 향하던 차준혁은 지상의 입구처럼 막힌 곳을 발견했다. 그곳은 지상과 다르게 양쪽 비밀번호를 눌러야 작동되었다.

물론 차준혁은 그곳의 비밀번호 역시 기억하고 있었다.

커다란 문이 양쪽으로 열리자 흙먼지가 뭉게뭉게 흘러들어왔다.

"제대로 터뜨렸나보군."

그때 예민해진 차준혁의 귓가로 발자국 소리들이 들려왔다. 그 수는 대략 10명으로, 무겁고 일정한 것으로 보아 훈련받은 이들 같았다.

'역시 폭발을 일으키고 돌아왔나보군.'

차준혁은 곧장 들어왔던 입구를 닫은 뒤 권총을 쏴 통로의 전력을 끊었다.

팍!

불이 꺼지자 달려오던 발소리가 멈췄다.

나름 훈련을 받은 이들이니 무작정 행동하지 않고 상황을 파악하는 듯했다.

'오지 않는다면 내가 가야지.'

그와 동시에 차준혁은 태무도의 태중(泰重)으로 호흡을 얕게 내쉬며 무음 이동술을 펼쳤다.

어둠 속인데다가 흙먼지로 인해 시야 확보가 어려우니 그들로서도 발견하기 힘들 것이다.

1분 정도를 더 달리자 권총을 쥔 채 대기 중인 사내들이 보였다.

'상황이 좋지 못하단 것을 알았나보군.'

갑작스런 정전이 그들의 행동을 멈추게 만들었다고 확신한 차준혁은 곧장 요원들을 향해 달려들었다.

퍼퍽— 퍽! 퍼퍼퍽!

통로 벽에 붙어 있던 요원들은 완전한 표적이나 다름이 없었다. 차준혁의 주먹과 발차기에 의해 하나둘씩 쓰러져 갔다.

"뭐, 뭐야!"

어둠 속에서 울리는 타격 소리에 김인철이 소리쳤다.

"저도 모르겠습니다."

부하들 역시 마찬가지였다. 캄캄한데다가 흙먼지까지 퍼지니, 누구라도 시야 확보가 어려웠다.

"모두 입구 쪽으로 달려라!"

타다다다닥!

그의 지시에 따라 남은 5명의 요원들이 내달렸다.

상황을 파악하지 못한 상태에서는 퇴각이 최우선이었기 때문이다. 차준혁은 그들을 쓰러뜨리다가 그 뒤를 따랐다.

'도망치게 둘 수는 없지.'

거리가 벌어진 상태였다.

그런 상황에서 차준혁은 권총을 꺼내 발소리를 쫓아 총구를 조준했다. 게다가 시력까지 증폭하였기에 조준이 어렵지는 않았다.

타탕! 탕!

"아아악!"

사내 3명이 발목을 부여잡으며 쓰러졌다. 나머지 2명은 그들의 비명을 들으면서도 멈추지 않고 계속 달렸다. 입구까지 얼마 남지 않은 상태였다.

차준혁은 달리던 것을 멈춘 뒤 또다시 총구를 겨눴다.

"끝이다."

탕! 탕!

2발의 탄환은 각각 김인철과 그의 부하의 무릎 안쪽으로 박혀 들어갔다.

"으아아아악!"

정확히 무릎 쪽 급소를 노린 것이다.

통증도 극심한 곳이었기에 출혈과 더불어 움직이지 못할 것이다. 상황을 종료시킨 차준혁은 그들을 향해 천천히 걸

어갔다. 그러자 김인철이 고개를 쳐들며 그를 올려다봤다.

"…경찰특공대가 이 정도 실력을 가졌나?"

"……."

차준혁은 차가운 눈빛으로 그를 내려다보았다. 어둠에 익숙해진 탓인지 김인철은 그 눈을 똑바로 쳐다볼 수 있었다.

"경찰에 소속된 인간이라면 기필코 찾아내주지. 찾아내서 네 녀석을 씹어 먹어주겠다!"

통증이 심할 텐데도 김인철은 이를 악물면서 말했다.

차준혁은 마스크 속에서 혀를 내둘렀다.

'제대로 말도 못 할 텐데… 독한 녀석이군.'

하지만 차준혁은 경찰특공대 복장을 입었을 뿐이었다. 그들이 아무리 찾는다고 해도 그를 찾는 것은 절대 불가능했다.

차준혁은 그를 무시하며 비밀번호를 눌러 북쪽 입구를 열었다. 안에서 서쪽과 남동쪽 출구를 쳐다보던 두 사람이 다가왔다.

"괜찮으십니까?"

"멀쩡합니다."

"서, 설마……!"

입구가 열림과 동시에 김인철은 통증을 억지로 참으며 기어들어왔다. 그리고 차준혁을 포함한 3명을 보고는 깜짝 놀랄 수밖에 없었다.

"네, 네 녀석들은… 경찰이 아니구나!"

경찰특공대가 아지트까지 들이닥쳤다면 3명만 있을 리가 없었다.

뒤늦게 상황을 파악한 김인철은 이 3명이 예전부터 조직 내에서 언급되었던 정체불명의 조직이란 것을 깨달았다.

"이제 곧 경찰특공대가 올 겁니다."

유강수에게 무전을 받는지 배진수는 김인철의 말을 무시하며 보고했다.

"저희도 벗어나도록 하죠."

"하지만 지금 나가면 다른 대원들과 마주칠 것입니다."

타다다다닥!

계단에서 누군가가 내려오는 소리가 들렸다.

배진수의 말대로 경찰특공대가 세탁실에 있던 비밀 통로를 발견하여 내려오는 중이었다.

"걱정할 필요 없습니다. 다른 통로가 있으니까요."

"정말입니까?"

차준혁은 두 사람을 이끌어 비밀 아지트의 북동쪽 복도를 달렸다. 그리고 복잡한 기계들이 돌아가던 기관실로 들어가 길을 안내했다.

"이곳에 밖으로 통하는 길이 있습니까?"

너무 구석진 곳으로 들어온 탓에 배진수는 걱정이 앞섰다. 김욱현 역시 마찬가지였다.

아무리 차준혁이 도면을 확인했다고는 하지만 심히 외진 장소였기 때문이다.

"깊은 지하이다보니 환기를 위해 뚫어진 통로입니다. 사람 한 명은 충분히 지나갈 수 있습니다."

길을 찾아낸 차준혁이 먼저 들어갔다. 이내 의심하던 두 사람도 그를 따라 천천히 몸을 집어넣었다.

타다다다다닥!

지하 아지트에 도착한 경찰특공대는 세탁실을 통해 내려왔을 때보다 더욱 놀라워했다.

"지하에 이런 장소가… 일단 모두 긴장을 놓지 말고 수색한다!"

대원들은 팀장의 지시에 따라 움직였다.

그러다가 출입구 쪽에 쓰러진 사람들을 발견했다.

"이쪽에 무장 병력이 쓰러져 있습니다!"

차준혁에게 공격당한 천익의 요원들이었다.

그들을 발견한 대원들은 급히 무장부터 해제시킨 뒤 지혈해주었다.

"팀장님! 빨리 와보십시오!"

아까의 외침보다 다급한 목소리가 복도를 울렸다.

팀장인 유승찬은 무장 상태의 요원들을 확인하다가 다른 대원의 안내를 받았다.

그렇게 도착한 곳은 아지트 구석에 위치한 금고였다.

"이, 이게…….."

"엄청난 양의 금괴와 현금입니다. 시가로 치면…….."

계산조차 쉽지 않은 양이었다.

말도 안 되는 상황에 직면한 유승찬은 말을 잇지 못했다.

"어떻게 할까요?"

그 사이 다른 대원이 다가와서 상황 진행에 대해 물었다.

"뭐, 뭘?"

"북동쪽과 서쪽 통로에서 무장 요원들을 모두 검거했답니다. 그리고 검찰 쪽에서 보고 요청이 들어왔습니다."

엄청난 금괴 탓에 유승찬은 정신을 놓고 있었다.

그래서 급히 대답을 이어갔다.

"아… 상황이 정리되었으니 들어오라고 해."

"알겠습니다."

대원은 곧바로 무전을 쳐서 검찰에게 보고했다.

얼마 지나지 않아 밖에서 대기 중이던 검경합동수사본부의 검사들이 들이닥쳤다.

검사와 사무관들도 금고에 놓인 금괴와 현금을 보고는 말을 잇지 못했다. 수십조 원에 달하는 금액이었으니 당연한 반응이었다.

"설마… 이 정도였을 줄이야…….."

앞장 서 있던 유태진은 감탄사부터 흘렸다. 그리고 천천히 걸어가 장갑을 낀 손으로 금괴를 들어 올렸다.

"대체 얼마나 오랫동안 비자금을 모아 온 거야?"

"이 정도면 1, 2년으로는 절대 어림도 없을 듯싶습니다."

옆으로 다가선 김정훈 사무관 역시 그와 같은 반응이었

다. 지금까지 비자금 수사를 몇 번이나 해 왔지만 이런 광경은 처음이었기 때문이다.

"…정말 말도 안 되는 양이네."

"증거물을 검찰로 송치시키기도 불가능하겠는데요."

수백 톤에 달하는 금괴와 현금이었다. 김정훈의 말처럼 당연히 검찰로 가져가기는 어려웠다.

"일단 사진부터 찍어 놔주세요. 대체 이 정도의 금괴와 현금이 어디서, 어떻게… 어디까지 흘러가다가 여기로 온 것인지 밝혀내야겠습니다."

절대 합법적으로 만들어진 비자금일 리가 없었다.

그렇다면 누군가의 고혈을 짜내서 지금처럼 모아 놓은 것이 분명했다.

유태진은 이를 악문 채 배후로 확정된 천익을 떠올렸다.

[천익의 자료에서 찾아낸 정체불명의 지하 아지트! 그곳에서 발견된 약 40조 원에 달하는 금괴와 현금!]

[지하 아지트를 지키던 정체불명의 무장 병력! 대부분이 경호원 파견 업체에서 퇴직한 직원!]

또다시 세상을 들썩이게 만드는 뉴스가 터졌다.

그런데 더욱 황당한 사실은 이를 처음으로 보도한 언론

사가 KBC나 SBN이 아닌, 첫 출간한 네이처펀치라는 인터넷 신문사였다.

중앙언론사들 역시 급히 취재를 나가 해당 뉴스에 대한 보도자료를 만들어 내보냈다.

그러나 첫 보도를 네이처펀치에서 내보냈기에 더욱 유명해질 수밖에 없었다.

"이야! 진짜 대박이다! 대박이야!"

네이처펀치의 대표이자 편집장인 김홍윤은 이태용이 터뜨린 보도를 보며 크게 기뻐했다.

그것은 다른 직원들도 마찬가지였다.

첫 출간부터 엄청나게 많은 사람들이 기사를 읽어주었으니 당연한 반응이었다.

그것도 중앙언론사를 재치고 보도했으니 말이다.

"대체 이런 걸 어떻게 찾아낸 거야?"

"진짜로 운이 좋았습니다."

사실 이태용은 경찰특공대에게 인도되었다가 도망쳤다. 그 후, 요양원으로 올라가서는 검사들과 경찰특공대가 하는 말을 엿들었다.

모두가 엄청난 금괴와 현금을 목격한 탓에 정신이 멍했다. 덕분에 이태용은 연행되는 요원들의 모습을 틈틈이 찍을 수 있었다.

"하지만 다들 정신 차려야 해. 이제부터가 진짜 시작이니까 말이야."

김홍윤은 지금의 흥을 깨듯이 짧게 박수쳤다.

아직 검찰에서 금괴와 현금의 출처를 밝히지 않았기 때문이다.

물론 이태용은 그곳을 알고 있었다. 이번 일로 인해서 정민수가 조사했던 이들에 대한 부족한 퍼즐이 모조리 맞춰졌다.

'천익의 규모만으로는 그 정도의 비자금을 절대 만들 수 없어. 분명히 연관된 조직이 더 있겠지.'

당연히 다른 파일의 제목이었던 친일파 기업으로 눈길이 향할 수밖에 없었다. 이태용은 천익도 그곳에 속해 있을지도 모른다고 생각하면서 주먹을 꾸욱 쥐었다.

"무슨 생각을 그렇게 해?"

"사건이 신경 쓰여서 말입니다."

"일단 기분 좋게 때렸으니! 오늘은 한잔해야지!"

"좋죠!"

직원들은 환호와 함께 옷을 챙겨 입고 밖으로 나갔다.

한편, 김정구는 자신의 사무실에 앉아 완전히 드러난 요양원의 진실을 보며 이를 갈고 있었다.

으드드득一

그동안 어렵게 모아 온 금괴와 현금이 완전히 까발려졌다. 기사를 막기 위해 중앙언론사를 통제했지만 엉뚱한 곳에서 터지고 말았다.

똑똑.

노크 소리가 들리더니 비서인 조민아가 들어섰다.

"실례하겠습니다."

"알아봤나?"

검찰에서 알아낸 이상 비자금은 어쩔 수 없었다.

그래서 조민아에게 첫 보도를 때린 언론사를 알아보라고 지시한 뒤였다.

"예전에 중앙언론사에서 일하던 기자인 김홍윤이라는 사람이 대표로 있습니다. 그리고 최근에 저희 쪽에서 작업하려던 이태용이 퇴직하고 들어간 인터넷 신문사입니다."

"…이태용?"

김정구는 창밖을 보던 시선을 그녀에게 돌렸다.

"이번 사건을 보도한 것도 이태용이라는 기자입니다. 사건의 위험성 때문에 이름을 밝히지 않고 언론사 이름으로 올린 듯싶습니다."

검찰도 사건이 너무 빠르게 보도되어 난감하긴 마찬가지였다. 정신이 없다보니 보도기자에 대한 정보가 천익 쪽에 흘러들어간 것이다.

"정말 쓸데없는 짓만 저지르는군. 이대로 둬선 안 되겠어."

"하지만 지금 상황에서 괜히 건드렸다가는 일만 키울 수 있습니다."

네이처펀치는 금괴에 대해 터뜨린 언론사였다.

이러한 상황에서 보복성 행위가 발생한다면 의심받을 곳

은 단 한 곳이었다.

"녀석들을 어쩔 수는 없겠나?! 언론사 자체를 없애버릴 방법 말이야!!"

김정구는 분노로 인해 이성을 잃기 직전이었다.

그렇다 보니 마땅한 방법을 떠올리지 못했다.

"지금으로써는 어려울 것 같습니다."

"어째서이지?"

그의 물음에 조민아는 조심스럽게 입을 열었다.

"네이처펀치는 최근 한 기업의 지원을 받게 되었습니다. 그 기업이 문제입니다."

스폰서라는 말이었다. 인터넷 신문사에게 스폰서란 중요한 자금책이 되기 때문에 목숨과도 같았다.

"어떤 기업이든 삼켜버리거나, 무너뜨려버리면 되는 것이 아닌가!"

천익에게는 아직 상당한 자산과 우량 기업들이 남아 있었다. 비자금으로 인한 타격이 크긴 했지만 조그만 기업쯤은 쉽게 무너뜨릴 만한 힘은 있었다.

"그게……."

"대체 어디란 말이야!"

더욱 조심스러워진 조민아의 태도에 김정구는 짜증이 치솟았다.

그가 더욱 재촉하자 그녀는 어쩔 수 없이 대답했다.

"…모이라이입니다."

"뭐? 모이라이?!"

일반적인 기업이라면 모를까, 모이라이는 국내에서 누구도 무너뜨릴 수 없는 기업이었다.

"최근 그곳에서 비공개로 여러 인터넷 언론사들을 지원해주기로 했답니다."

"미칠 노릇이군. 거기서 왜!"

"확실한 이유는 모르겠습니다. 대신 표면적으로는 언론의 자유를 위해 지원한다고 들었습니다."

"어이가 없군. 고아원 복지도 모자라서 이제는 언론이야? 제놈들은 더러운 일을 절대로 하지 않는다는 건가?"

김정구에게 언론이란 홍보와 비하에 필요한 도구에 불과했다. 우는 국민들을 달래주고, 가끔씩은 기뻐할 소식을 던져주는 것쯤으로 여겼다.

"현재 본사의 힘으로는 모이라이를 건드릴 수 없습니다. 오히려 화를 입을 수 있습니다."

지금까지 무너진 기업들이 수두룩했다.

그로 인해 연관된 기업들이 흔들리면서 자금력이 부족한 곳들은 유지하기도 어려워졌다.

자신들을 유지시켜줄 빨대가 떨어져 나갔으니, 상부 기업들도 당연히 위태로울 수밖에 없었다.

그런 상황에서 모이라이는 독보적으로 대한민국 경제권을 틀어쥐고 있었다. 게다가 누구도 흔들 수 없는 기반을 뿌리내리고 있으니 그만큼 튼튼했다.

"…미칠 노릇이로군. 설마 모이라이가 우리를 노리고 있는 것은 아닐까?"

"애초에 모이라이에서 저희를 노릴 이유가 없지 않습니까. 이번 일에도 관계된 것이라고는 네이처펀치뿐입니다."

예전에도 의심해보았다. 그 탓에 나도명도 헬하운드를 시켜서 차준혁을 미행하기까지 했다.

하지만 나온 것이라고는 아무것도 없었다.

"후우……."

"신경이 예민해지신 것 같습니다. 일단 검찰에서 데이터베이스를 통해 아지트를 알아냈으니, 여파가 커질 듯싶습니다."

이번에 벌어진 일까지는 임설이 안고 가면 되었다. 물론 김정구도 거기까지 계산해둔 것은 아니었지만 상황상 어찌할 바를 몰랐다.

"아무튼 상황은 최대한 수습해보도록."

"바로 움직이겠습니다."

조민아가 나가자 소파에 앉아 있던 김정구는 책상으로 향했다. 그곳에 놓아두었던 핸드폰에는 수십 통의 부재중 전화가 찍혀 있었다.

또다시 전화가 울렸지만 무음으로 해 놓았기에 아무런 소리도 들리지 않았다.

"…정말 돌아버리겠군."

다른 천근초위 멤버들이 다른 사람을 통해 전화해 오는

것이다. 직접적으로 연락하면 관계의 흔적이 드러날 수도 있으니 말이다.

당연히 뉴스에서 보도한 소식 때문일 것이다.

엄청난 양의 비자금을 천익의 정보로 인해 잃게 된 것이니 그들의 분노를 감당하기가 힘들었다.

"하아……."

깊은 한숨을 내쉬던 김정구는 문진원에게 전화가 오자 어쩔 수 없이 받아 들었다.

"덕분에 중요한 문제가 하나 해결되었군요."

주상원 국장은 서울지부를 방문한 차준혁과 악수를 나누며 기뻐했다. 주변에 서 있던 IIS서울지부 수뇌부들도 뿌듯한 표정이었다. 지금까지 겨레회에서 해 온 일들 중 최고의 쾌거였기 때문이다.

"제가 한 일이라고는 찾아낸 것뿐입니다. IIS에서 중요한 조사를 해주셔서 이처럼 무사히 해결할 수 있었습니다."

"겸손이 과하시면 오히려 밉상입니다. 하하하."

옆에 서 있던 한재영 팀장은 차준혁에게 우스갯소리를 던질 만큼 기분이 좋았다.

"그런가요?"

"맞습니다. 이 정도 일을 해내시고서 겸손이라니요. 그런데다가 천근초위에서는 우리의 흔적조차 찾아내지 못했잖습니까."

지금의 천근초위는 겨레단을 잃었던 겨레회와 같은 기분일 것이다. 동지를 잃고, 흔적조차 알지 못해서 답답했던 만큼 기쁨을 누리고 있었다.

"하지만 아직 끝나지 않았습니다. 비자금을 털어내 움직일 발목까지는 잘라냈지만… 아직 머리와 몸통이 남아 있으니까요."

"차 대표의 말이 맞습니다. 저희가 너무 들떴군요."

검경합동수사본부에서 금괴와 현금을 발견해냈으니 이제 본격적인 수사가 벌어질 것이다. 그러나 차준혁도 김정구가 빠져나갈 것임을 예측했다. 현재 그를 대신해 들어가 있는 임설을 방패로 삼을 것이 분명했다.

"앞으로는 저와 임진환 회장님이 본격적으로 움직여야 할 겁니다."

"두 분이서라면… 기업적인 측면에서 공격하시겠다는 겁니까?"

천근초위는 무너질 때를 대비한 자금을 잃었다.

이제 겉으로 드러난 기업과 조금 뒤에 숨겨진 자금력, 세력이 전부였다. 그러한 상태라면 후방이 아닌 정면 공격이 필요했다.

"준비는 해 놓았습니다."

"벌써 말입니까? 하지만 천근초위에서 모이라이에게 반

격하면 어쩝니까?"

지금까지 모이라이에서는 천근초위 기업들의 주식을 자잘하게 건드려 왔다. 그리고 조금씩 흔들릴 때마다 매집을 시도하면서 기업의 약점을 만들었다.

물론 해당 기업의 주식을 가진 대주주들과도 은밀하게 접촉해 왔다.

결국 기업이란 돈으로 구성되어 움직였다.

돈과 돈이 연결된 지점을 노린다면 어떻게든 약점이 드러날 수밖에 없었다.

"걱정하지 마세요. 표면적으로는 부실해진 기업을 저희가 인수하려는 행위처럼 보일 겁니다. 그리고 IIS에서도 해주실 일이 있습니다."

"뭡니까? 말씀만 하시죠."

주상원은 이번 일을 겪으며 차준혁에 대한 신뢰가 더욱 깊어졌다. 그런 만큼 어떤 일이든 천근초위를 부수는 데 일조할 수 있을 것이라고 생각했다.

"위기에 몰린 천근초위는 앞으로 김태선 의원을 대통령으로 만드는 데만 집중할 겁니다. 최대한 활동을 억제하면서 말이죠."

비자금까지 털린 천근초위는 더 이상 꼬리를 잡히면 안 되었다. 그러니 차준혁의 말처럼 위험을 감수하기보다는 활로를 위해 움직일 것이다.

물론 주상원도 그런 상황이 이해되었기에 천천히 고개를

끄덕였다.

"김태선 의원이라면 계속 감시하는 중입니다만… 최근까지 딱히 큰 활동은 없었습니다."

"이제부터 생길 겁니다. 저희가 그렇게 하도록 만들 테니까요."

"무슨 말씀이신지……."

현재까지 모이라이나 겨레회는 김태선과 직접적인 접촉을 하지 않았다.

"설명해드리도록 하죠."

차준혁이 고개를 내밀자 모두가 머리를 모았다.

[변호사 출신 인천광역시 국회의원 정진한! 차기 대권후보로 무소속 행진 결정!]

[과거 변호사 시절, 없는 살림에도 각종 선행을 남몰래 베풀어…….]

[정진한 의원의 고조부는 독립투사로 활동하던 정수열! 당사자는 부끄러움에 애매모호한 인정.]

[차기 대선후보 한민국당 김태선과 무소속 정진한으로 대립 구조가 펼쳐질 듯.]

어떤 국회의원의 오랫동안 펼쳐 오던 선행이 사진과 함

께 인터넷에 보도되었다.

물론 그것만으로는 화제를 이끌어내기가 어려웠다.

유명하지 않던 국회의원 정진한이 2년도 남지 않은 대선에 출사표를 던졌기 때문이다. 게다가 무소속이었기에 사람들의 호응은 더욱 커져 갔다.

물론 반기지 않는 사람들도 있었다.

바로 정진한과 대립하게 된 한민국당 차기 대권주자인 김태선이었다.

"서울도 아니고, 고작 인천시의원이 대선 출마?"

자신의 사무실에 앉아 있던 김태선은 어이없는 마음을 감출 수 없었다. 그래서 날카로운 눈빛으로 인터넷에 뜬 정진한의 얼굴을 뚫어지게 쳐다보았다.

똑똑.

문 두드리는 소리와 함께 한민국당 대표인 변종권이 들어섰다. 그는 붉으락푸르락한 김태선의 표정을 보더니 고래를 가로 저었다.

"자네도 인터넷 뉴스를 봤나보군."

"대체 이 사람은 뭡니까?! 뭔데 갑자기 툭 튀어나와서 이런 대접을 받습니까?"

모든 국회의원들이 안면을 트고 지내지는 않았다.

특히 의원들 간의 유착을 조심하던 김태선은 그를 본 적조차 없었다.

"자네처럼 국선 변호사로 활동하던 의원이지. 지난번 선

거 때 인천시의원에 무소속으로 출마해서 민심을 제대로 잡아 당선되었네."

"당도 없는 상태에서 말입니까?"

비수도권 지역도 아닌, 인천에서 무소속으로 당선되기란 참으로 어려웠다. 소속된 당이 없는 만큼 표밭을 확보하기가 어렵기 때문이다.

하지만 정진한은 오랜 국선 변호사 활동과 선행으로 민심을 사로잡았다.

"정 의원이 당선되었을 때는 다들 놀랐지. 우리 표밭도 그에게 빼앗겼거든."

"어째서죠?"

"지난 선거에서는 자네에게 신경 쓰지 않았나."

한민국당도 인천 표밭을 놓치고 싶지 않았다.

그러나 김태선을 서울시 의원으로 만들어야 했기에 웬만한 전력을 당겨 오다보니 인천 쪽의 힘이 약해졌다.

"크음… 그때는 굳이 힘을 빌려주지 않으셨어도 되었습니다."

"진심으로 그렇게 확신하나?"

"그건…….."

오랫동안 억눌렸던 자신감은 오만으로 변했다. 그래서 김태선은 지금의 자신만을 생각하여 그렇게 대답한 것이다.

하지만 변종권의 말처럼 서울에서 지금 김태선의 나이로 당선되는 일은 하늘에서 별 따기보다 어렵다는 것을 그 역시 잘 알았다.

"자네는 우리가 시키는 대로만 잘하면 아무런 문제도 없을 것이네. 잘 알고 있지 않은가?"

변종권은 김태선의 뒤로 돌아가 어깨를 주물러주었다. 자신들의 계획에 있어서 절대적인 통제가 필요한 존재가 김태선이었기 때문이다.

물론 그만의 재능은 충분히 인정했다. 그러나 티끌과 같은 자만심이 오만을 부를지도 몰랐다.

천익으로 인해 비자금까지 털린 상황이었기에 이제는 실패가 없어야 했다.

"알겠습니다. 헌데… 정진한 의원은 정말 가만히 놔둬도 되는 겁니까?"

"일단은 지켜봐야지."

변종권 역시 갑자기 출사표를 던진 정진한을 이상하게 생각했다. 물론 그가 무소속인 탓에 정보가 부족했던 가능성을 배제하기도 어려웠다.

그런 생각을 하던 변종권은 다시 말을 이어 나갔다.

"허나 오랫동안 준비해 온 자네를 제칠 수는 없을 것이야. 자네가 누군가. 대한민국이 낳은 차기 대권주자 김태선이지 않나."

자신감을 불어넣어주려는 것 같았다.

이에 김태선은 머쓱한 표정을 지으며 모니터에 띄워 놓았던 정진한의 선행 보도기사를 껐다.

"이게 계획이었어요?"

신지연은 자신의 책상에서 인터넷 뉴스를 보고 차준혁의 사무실로 뛰어 들어왔다.

밀린 서류를 확인하던 차준혁이 미소 지었다.

"맞아요. 새로운 대권주자인 정진한 의원이 계획이었죠."

"어떻게 선정한 거예요? 혹시 저 사람도 미래에서 뭔가 했던 사람이에요?"

차준혁의 중요한 행동 기반은 미래의 기억에서 비롯되었다. 신지연도 잘 알기 때문에 혹시나 하면서 물어보았다.

"본래 미래에서도 대선에 나갔던 사람이죠. 하지만 천근초위에서 대권을 잡기 시작하면서 당선되지 못했어요."

당시에는 김태선이 대통령에 오르고서 IIS까지 집어삼켰다. 그 후, 사회를 통제하는 모든 조직과 기업이 그들의 손에 놀아났다.

당연히 정의감을 가진 후보는 비열한 짓을 통해 나락으로 떨어질 수밖에 없었다.

"김태선은 굉장히 오랫동안 준비해 왔는데 정진한 의원이 이길 수 있을까요? 아니면 김태선과 천근초위의 관계를 까발릴 생각인 거죠?"

신지연도 현재 김태선을 둘러싼 민심이 얼마나 깊은지

잘 알았다. 그렇기에 정진한의 당선 가능성을 추측하기가
어려웠다.

"솔직히 천근초위와의 관계를 밝혀내기는 어려울 거예
요. 차명으로 운영되던 정치 지원금도 자신은 몰랐다고 발
뺌하면 그만이니까요."

천근초위에서도 김태선의 일만큼은 철저하게 독립시켰
다. 그리고 사고가 터져도 그가 빠져나갈 구멍까지 만들어
놓았다.

"그럼 어떻게 해야 하나요? 검찰에서 천근초위에 관해
모든 것을 까발려도 소용없단 거잖아요."

차준혁은 그녀의 걱정을 예상했다. 그렇기에 필요한 대
책까지 미리 준비해 놓은 상태였다.

"이제는 본격적인 전면전이 될 거예요."

"…전면전이요?"

"앞으로 모이라이는 부실 기업들을 회생시킬 적대적 인
수합병을 시작할 테니까요."

"그거라면 전부터 준비해 왔던 것이잖아요."

검경합동수사본부의 조사로 인해 여러 기업들이 휘청거
렸다.

그 탓에 경제 위기가 예상되자 모이라이는 신지연이 알
고 있는 것처럼 인수합병 과정을 준비해 왔다.

당연히 그녀도 잘 알고 있는 사실이었으니 대수롭지 않
게 되물었다.

"1순위가 천근초위의 기업들이라는 것이 중점이죠."

"그들과 직접 싸우겠단 말씀이세요? 하지만 원래 계획으로는 명천그룹을 앞세우기로 했잖아요."

현재 명천그룹의 규모를 보면 웬만한 기업들도 충분히 흡수할 수 있었다. 그리고 표면적으로 골드라인과 연결점이 있다보니 충분한 명분이 되었다.

하지만 모이라이는 그들과의 명분이 부족했다.

그러니 천근초위에서 쫓는 정체불명의 조직으로 의심받을 수도 있었다.

"경제사회 회생 프로젝트. 우리는 부실해진 원인을 파악해서 교체하는 목적으로 움직일 뿐인 거죠."

"아……!"

얼마 전 차준혁이 대통령과 뒤늦게 조찬을 가지면서 의논했던 사항이었다.

당시 신지연도 옆에 앉아 듣기는 했지만 구체적으로 어떻게 할지는 차준혁이 결정하기로 되었다.

그렇다 보니 자세한 사항을 알지 못했다.

"아무튼 이제부터 천근초위와 부딪칠 일도 생길 거예요. 표면적으로 정진한 의원의 복지사업에도 저희가 도움을 줄 테니까요."

"그럼 일정을 그쪽 위주로 잡으면 되는 거죠?"

"자세한 것은 경원이가 알려줄 거예요."

여전히 복지재단은 지경원이 담당하고 있었다.

앞으로는 정진한 의원이 공약으로 내세울 복지에 큰 도움을 줄 것이다.

"그리고 보니… 경원 씨 결혼도 며칠 남지 않았네요."

지경원의 결혼식은 바로 이번 주말이었다.

그동안 바쁜 일들이 겹쳐 정신없이 시간을 보내다보니 여기까지 왔다.

"중요한 일들은 그 이후에 처리하도록 하죠."

다른 일도 아니고, 결혼식이었다.

워낙 심하게 일하는 지경원이라면 신경 쓸 것이 분명한 터라 차준혁도 웬만큼은 미뤄두었다.

"잘 생각했어요. 그럼 저는 일정 정리하러 나가볼게요."

그녀가 밖으로 나가자 차준혁은 혼자 남았다.

이제 천근초위를 처리하기까지 얼마 남지 않았다.

그것을 생각하다보니 자신도 모르게 주먹이 쥐어졌다.

'김태선… 절대로 대통령이 되게 놔둘 수는 없지.'

대통령이 된 그는 대한민국을 집어삼켰다.

그것은 뒤에서 지원해주던 골드라인조차도 몰랐던 사실이었다. 이후, 그 일로 인해 골드라인이었던 대기업들은 천근초위의 하수인이 되었다.

"더 이상 설치지 못하게 해주겠어."

차준혁은 앞으로 펼쳐질 상황들을 상상하며 미래에서 보지 못했던 일들을 추측해 갔다.

 50

마침내 주말이 되었다.

차준혁은 정장을 차려입고 방에서 나왔다.

계단을 내려가자 예쁜 옷을 입은 차준희가 이동형의 넥타이를 정리해주고 있었다.

"너도 가냐?"

"신랑 하객이 별로 없다면서."

"그래도 그렇지."

이동형의 말처럼 지경원은 친척조차 없었기에 힘들게 살아왔다. 그렇다 보니 결혼식에 참석해줄 가족이나 친척, 친구들이 거의 없었다.

"다들 준비했지?"

방문이 열리더니 차준혁의 어머니가 한복을 입고 나왔다. 뒤로는 정장 차림의 아버지가 서 있었다.

"정말 부모님 자리에 앉아 계시려고요?"

"경원이라는 친구… 부모님이 안 계시잖아. 그리고 네 일도 많이 도와줬다는데 이 정도를 못 해주겠니?"

아예 면식이 없는 것도 아니었다.

신지연에게 남매의 사정을 듣고 어머니는 지경원의 집에 주기적으로 반찬을 보내주기까지 했다.

나름 정이 쌓인 것인지 어머니나 아버지는 지금 해주려는 일에 어려움이 없었다.

"뭐… 그렇게 생각해주시면 고맙죠."

차준혁은 부모님에게 진심으로 감사했다.

솔직히 먼저 부탁하고 싶었지만 쉽지 않은 일인지라 주저했다.

띵동!

그때 초인종이 울렸다. 차준희가 문을 열자 예쁜 분홍색 원피스를 입은 신지연이 들어섰다.

"준비는 다 하셨어요? 차는 대기시켜 놨어요."

이내 모두가 준비를 마치고 집을 나섰다.

결혼식장은 명천그룹에서 운영하는 호텔에서 치러질 예정이었다.

수많은 기자들이 최연소 모이라이 본부장의 결혼 사진을 찍기 위해 입구에서 기다리고 있었다.

잠시 후, 두 대의 차량이 결혼식장 입구에 멈췄다.

그 차에서 차준혁과 신지연, 다른 가족들이 내렸다. 차준혁의 등장하자 기자들은 사정없이 플래시를 터뜨려댔다.

"오셨군요. 빨리 들어가시죠."

입구에서 대기 중이던 모이라이 보안팀원들은 몸으로 바리게이트를 치며 그들을 안내해주었다.

그렇게 안으로 들어서자 바깥과 달리 실내는 매우 고요했다. 기자들은 출입 금지였기 때문이다.

"대표님! 오셨습니까!"

예식장 입구 앞에 서 있던 턱시도 차림의 지경원이었다.

그는 차준혁에게 급히 다가와 고개를 숙였다.

"진심으로 축하한다."

"감사합니다."

그 뒤로 다른 가족들도 지경원을 축하해줬다.

얼마 지나지 않아 잠시 자리를 비웠던 임진환 회장도 얼굴을 비췄다.

사회적 위치가 있음에도 직접 앞에 섰다.

"오, 차 대표께서 오셨군요!"

"축하드립니다. 임 회장님. 섭섭하지는 않으십니까?"

"오히려 후련합니다. 게다가 마음에 쏙 드는 사위까지 얻지 않았습니까."

임진환은 한쪽에 서 있던 지경원에게 다가가 어깨를 두드려줬다.

그때 차준혁의 부모님이 가까이 다가서자 지경원이 고개를 숙였다.

"인사가 늦었습니다."

"뭘 그렇게 딱딱하게 인사해. 오늘은 아빠랑 엄마로 생각하고 있어."

"맞네."

"감사합니다. 아…버님. 어…머님……."

말이 잘 떨어지지 않는지 지경원은 살짝 뜸을 들였다.

"그냥 아버지, 어머니라고 부르게."

세 사람의 대화를 듣고 있던 임진환이 고개를 숙였다.

"반갑습니다. 임진환이라고 합니다. 쓸쓸할 뻔했던 빈자리를 채워주러 오셨다고 들었습니다."

미리 이야기되었던 탓에 임진환도 오늘의 상황을 잘 알았다. 다른 사람이라면 어색해할지도 몰랐지만 임진환은 오히려 반겨주었다.

"힘들게 살아온 아이에게 이렇게라도 도움이 된다면 좋은 일이지요."

차준혁의 아버지는 임진환이 명천그룹의 회장이란 것을 알면서도 서슴없이 대했다. 그런 행동 덕분인지 두 사람은 악수를 나누며 친분을 나눌 수 있었다.

"두 분… 천천히 대화 나누세요. 저희는 신부 대기실에 가보겠습니다."

"그러시지요."

"앞으로 말씀 편하게 하십시오. 이런 관계면 나름 사돈이 아닙니까."

그동안 임진환은 서로의 위치 탓에 계속 말을 높였던 것이다.

"그럴까……?"

기분이 좋아진 임진환은 그간 차렸던 예의를 접고 편하게 말을 놓았다.

"좋네요. 앞으로도 잘 부탁드립니다."

옆에 서 있던 차준혁은 신지연과 함께 신부 대기실로 걸

음을 옮겼다.

그곳에는 차준희와 이동형이 먼저 와 있었다.

두 사람은 같이 앉아 있는 임수희, 지효원과 함께 대화를 나눴다.

"왔냐?"

이동형의 물음에 차준혁은 손을 들어 보이며 임수희에게 다가섰다.

"축하드립니다. 수희 씨."

"고마워요. 차 대표님."

"안녕하세요! 준혁 오빠!"

임수희와 더불어 지효원도 친근하게 인사해 왔다.

물론 신지연도 두 사람에게 축하를 전하며 손을 맞잡아 주었다.

"자, 신랑 입장합니다!"

사회는 특별히 이지후가 봐주었다.

그의 외침과 함께 결혼식이 시작되었다.

음악 소리가 울리며 가득 채워진 하객들 사이로 지경원이 걸어 들어갔다.

잠시 후, 신부인 임수희가 임진환의 팔짱을 끼고서 천천히 걸었다.

신지연과 함께 한쪽에 서 있던 차준혁은 나름 재치 있는 이지후의 사회를 보며 웃음 지었다.

신지연도 웃음이 나는지 작은 목소리로 물었다.

"어쩌다가 지후 씨가 사회를 보게 된 거예요?"

"볼 사람이 없다고 하니까 자청하더라고요."

"정말요?"

"워낙 재미를 찾아 나서는 녀석이니까 가능한 거죠."

이지후는 결혼식 중간중간 특유의 재치를 보여주었다. 덕분에 하객들은 즐거운 기분으로 결혼식을 지켜보았다.

"자, 교훈이 가득했지만 조금은 지루했던 주례가 마침내 끝났습니다. 그럼 뒤를 이어서 축가가 있겠습니다!"

차준혁은 예정에 없던 순서가 나오자 고개를 갸웃거렸다.

"축가?"

"누가 나오기로 했어요?"

신지연도 모르는 순서였기에 차준혁에게 되물었다. 물론 차준혁도 그녀처럼 놀랐기에 고개만 저었다.

"저도 모르죠."

옆으로 난 쪽문으로 한 여인이 들어섰다.

그녀는 최근까지도 배우와 가수를 병행하며 최고의 인기를 끌고 있는 지유희였다.

"모르시는 분도 계시겠지만… 신랑이 봉주 지씨니까 나름 친척의 축가입니다!"

우스갯소리 같았지만 이지후는 나름 진심이었다.

때문에 차준혁은 더욱 혀를 찰 수밖에 없었다.

"헐… 도대체 저런 짓은 어떻게 생각해야 할 수 있는 거

야?"

"그, 그러게요."

신지연도 대단하다고 생각하는지 고개를 끄덕였다.

그사이 지유희는 마이크를 두 손으로 꼭 잡은 채로 들어서서 노래를 불렀다.

부드러운 목소리의 축가는 하객들과 더불어 신랑, 신부의 눈시울도 붉어지게 만들었다.

물론 축하를 위한 곡이었지만 소중한 결혼식인 만큼 최대한 감동을 끌어내기 위해서였다.

"자! 모두 박수!"

축가가 끝나자 이지후는 다시 진행을 이끌었다.

"진짜 대단하네."

차준혁은 지유희를 축가 가수로 섭외한 것 자체를 신기하게 여겼다. 그리고 남은 진행을 지켜보다가 신지연의 손을 꼭 잡았다. 그녀는 얼굴을 붉힌 채 가만히 머리를 기대었다.

청혼까지 했으니 두 사람의 결혼도 슬슬 준비해야 했다.

예식의 모든 순서가 끝났다.

지경원과 임수희는 신혼여행을 떠나기 위해 편한 옷으로 갈아입고 나왔다.

바깥쪽으로 밀려난 기자들은 그런 모습이라도 건지기 위해 열심히 사진을 찍어댔다.

"정신이 없으니 빨리 출발해."

"바쁜 와중에 이렇게까지 시간을 빼주셔서 정말 감사합니다."

"그런데 신혼여행을 국제봉사활동으로 가도 괜찮겠어요?"

지효원이 믿기지 않는다는 듯 물었다.

그녀의 말대로 두 사람의 신혼여행지는 국제봉사활동이 주체된 국가였기 때문이다.

"좋잖아요. 그리고 경원 씨도 찬성해줬고요."

모두가 임수희의 대답을 들으며 혀를 내둘렀다.

낭비만 가득한 신혼여행 대신 보람을 선택한 것이다.

"아무튼 잘하고 와. 문제 생기면 언제든 연락하고."

차준혁은 그들이 최대한 편하게 이동할 수 있도록 항공편과 숙소를 마련해주었다. 물론 부담스러운 것을 싫어하는 두 사람의 성격상 비싼 호텔이 아닌, 저렴한 장소였다.

"알겠습니다. 그럼 다녀오겠습니다. 아버님. 어머님. 오늘 정말 감사했습니다."

"저희 잘 다녀올게요!"

두 사람은 곧바로 차에 올라타 공항으로 향했다. 남아 있는 모두가 손을 흔들어주면서 멀어져 가는 차를 지켜봤다.

팔다리가 잘린 몸통은
멀쩡하게 나아갈 수 없다

검찰은 대동요양원에서 발견된 금괴와 현금에 대해 본격
적인 수사를 진행했다.

"45조……?"

전문가를 통해 추정된 자금은 어마어마했다.

그 탓에 회의실에 모여 있던 합동수사본부의 검사들과
수사관들은 입을 다물지 못했다.

조용히 지켜만 보던 수사관 한 명이 입을 열었다.

"정확히 45조 2,340억 3,200만 원입니다."

2007년 국방부 예산 2년 치를 웃도는 금액이었다.

당연히 보통 사람들에게는 기가 막힌 액수일 수밖에 없

었다.

"…도대체 몇 년을 해 먹은 거지?"

"자금을 추적해봐야 알겠지만 10년 정도로도 불가능할 것이란 결과가 나왔습니다."

"아주 돌아버리겠네. 금괴는 추적해봤고?"

모든 금괴에는 일련번호가 찍혀 있기에 구입한 사람이 누군지 추적할 수 있었다. 물론 검사들도 그에 대한 지시를 받아 시행해둔 상태였다.

"개인 명의로 구입된 흔적이 있긴 했지만 대부분 기업 명의였습니다. 그리고 일부분이 최근 주식시장에서 난리가 벌어지며 부도가 난 곳이었습니다."

"살아남은 회사는?"

"있습니다. 그곳부터 털면서 들어가면 천익과 어떻게 연관된 것인지 알아낼 수 있을 겁니다."

천근초위에서는 금괴를 깨끗하게 사용하기 위해 일련번호를 그대로 놔두었다. 괜히 지웠다가는 팔 때 의심만 살 수 있기 때문이다.

"좋아서. 다들 맡았던 사건들은 정리하고, 여기 매달리자. 용의자들이 불지를 않으니 우리가 발로 뛰는 수밖에 없어. 그리고 당시 부도난 기업들도 전부 조사하도록! 자금의 운용부터 흐름까지 전부 다!"

천익의 대표로 구속된 임설이나 이사인 홍주원은 금괴에 대해 대답하지 않았다. 당연한 반응이었지만 그로 인해 검

사들은 더욱 열심히 조사할 수밖에 없었다.

"알겠습니다!"

지시가 떨어지자 검사와 수사관들은 모두 밖으로 나갔다.

유태진과 김정훈 수사관만이 회의실에 남았다.

"후우… 이제 사건이 좀 풀리겠네."

"피곤하실 텐데 집에는 안 들어가십니까?"

금괴와 현금 때문에 다들 며칠째 밤을 샌 상태였다. 그런데 가끔씩 퇴근하는 검사들과 달리, 유태진은 아예 집에 들어가지 않았기에 걱정하는 것이다.

"사건이 해결되어야 발 뻗고 잘 수 있을 것 같아서 그럽니다."

"가족들이 뭐라고 하지 않습니까?"

"당연히 말하죠. 그래도 어쩌겠습니까."

유태진은 목을 이리저리 비틀면서 프로젝트기로 띄워둔 금고의 내부 사진을 쳐다봤다. 분명히 멀쩡한 루트로 입수된 자금일 리가 없었다.

당연히 불법적인 요소가 적용되었을 것이니 검경합동수사본부의 수장으로서 빠른 해결이 필요했다.

"하긴, 상부에서도 이쪽으로 관심이 많으니 어쩔 수 없겠죠."

"아무튼… 어떤 방법으로 금괴가 금고까지 흘러들어간 것인지를 반드시 알아내야 합니다."

"일단 대동요양원은 이전 등기 소유자는 SW중공업 김송주 대표였습니다. 저희는 이곳을 추적하면 될 듯싶습니다."

"그래야 하겠지요."

애초에 대동요양원에 대해서는 유태진도 차준혁을 통해 짐작하고 있었다. 그러다가 천익을 통해 확실한 증거가 들어오자 급습한 것이다.

물론 김송주가 월드세이프 펀드 문진원 회장과 어떤 관계인지도 알았다. 그래서 수사를 시작하려고 했지만 일부러 다른 검사들에게는 그 지시를 내리지 않았다.

"이번에도 저희들끼리만 하겠군요."

"아직 내부에 첩자가 있을 겁니다. 실질적으로 우리가 어딜 뒤지는지가 알려져서는 안 됩니다."

유태진은 지난번에 무전기를 장착한 검사와 수사관들이 발견되면서 내부정보 관리에 힘썼다. 이번 대동요양원에 관한 정보를 발견했을 때도 마찬가지였다.

상부로 최대한 긴밀하게 보고를 넣어 경찰특공대의 협조를 받아냈다. 그 이후로는 지금과 같았다.

덕분에 대동요양원을 무사히 급습할 수 있었다.

"헌데 말입니다."

"왜 그러십니까?"

유태진은 금괴를 쳐다보던 시선을 김정훈에게로 돌렸다.

"천익 출신의 요원이던 사내들을 쓰러뜨렸다던 경찰특
공대원에 대해서 확인된 것이 없습니다."

"그들의 증언에는 특공대가 아니라고 했죠. 차림새만 같
았을 뿐이라고요."

경찰특공대가 북쪽 비밀 출구에서 놓쳤던 천익의 요원들
은 모두 쓰러져 있었다. 그것도 탄환에 다리의 급소만 정
확히 꿰뚫린 상태로 말이다.

"하지만 저희가 확인한 경찰특공대 인원에는 이상이 없
었습니다. 거기서도 추가 투입된 인원을 본 적도 없다고
했고요."

그 사건에 몰래 침투한 차준혁과 IIS요원들을 말함이었
다. 천익의 요원들에게 증언을 듣기는 했지만 결과만 있을
뿐, 확실한 증거가 없었다.

물론 경찰특공대에서도 그런 상황을 만든 대원을 찾지
못했다. 그렇기에 유태진도 궁금했지만 신경 쓰기가 어려
웠다. 지금은 천익과 월드세이프펀드에 집중해야 했기 때
문이다.

"누군지 몰라도 정의로운 녀석들일지 모르겠군요."

"하지만 금고까지 열어둔 상태였습니다. 분명 경찰특공
대가 아닌 사람들이 있던 겁니다. 혹시… 우리가 쫓는 녀
석들의 뒤통수를 치려던 조직이 있는 것은 아닐까요?"

김정훈은 나름대로 최대한 상상력을 동원해서 말했다.

짐작이었지만 진실에서 크게 빗겨 나가지는 않았다.

"그거야 모를 일이죠."

"일단 확인해서 알아내야 하지 않을까요? 사건에 관여한 인물들이 있다면 수사 방해이지 않습니까. 앞으로도 말입니다."

"이번 일만 보면 방해는 아니죠. 우리가 맡은 일부터 해결하는 것이 급선무 아니겠습니까."

천익에서 숨겨둔 금괴부터 해결하는 것이 우선이었다. 그렇기에 다른 곳으로 시선을 돌리기보다는 정면만 보는 것이 중요했다.

"하지만……"

"지금은 월드세이프펀드부터 신경 쓰도록 하죠. 그리고 도청장치 점검도 부탁드립니다."

한 번 크게 당할 뻔했다보니 도청장치 점검은 필수였다. 거기다 합동수사본부에 출입할 때도 공항 검색대에서 쓰이는 장비가 설치되어 확인되었다.

그 정도로 내부에서도 철저하게 신경 쓰고 있었다.

"알겠습니다. 부장검사님."

월드세이프펀드의 문진원은 천익과 함께 대동요양원의 금고가 털리자 침음을 그치기 힘들었다.

"어찌 이런……"

오랜 세월 동안 모아 온 비자금이 한순간에 바닥난 것이나 다름없었다. 게다가 검찰수사가 자신들을 향해 있을지도 모른다는 부담감 때문에 쉽게 움직일 수도 없었다.

"중요한 상황인데 자금까지 막힐 줄이야."

검찰의 신경이 곤두선 상황에서는 기업 내에 자체적으로 마련해둔 비자금을 움직이기도 힘들었다.

미처 금고에서 자금을 꺼내 오지 못한 탓에 김태선에게 심어줄 천익의 사람들을 해외로 보낼 자금까지 구멍나버렸기 때문이다.

똑똑!

"실례하겠습니다."

그때 비서인 김상헌이 들어섰다.

"무슨 일인가?"

"천익의 조민아 비서실장이 방문했습니다. 안으로 들일까요?"

"들어오라 하시게."

김정구가 직접 움직일 수가 없으니 그녀가 온 것이다.

"오랜만에 뵙습니다. 문 회장님."

사무실로 들어선 조민아는 그에게 인사하면서 가까이 다가섰다. 그러자 문진원은 그녀를 소파로 안내하고서 천천히 입을 열었다.

"그러게 말이네. 김 대표께서는 어찌 지내시는가? 속이 말도 아닐 텐데 말이야."

"솔직히… 좋지는 못하십니다."

대동요양원의 금고가 털리면서 제일 큰 타격을 입은 사람은 바로 김정구였다. 이번 일에 모든 책임을 맡았으니 실패한 만큼 돌아온 것이다.

임설과 홍주원이 현재까지의 모든 죄를 뒤집어 쓴 상태라고는 하지만 다른 천근초위 멤버들에게 큰 신뢰를 잃고 말았다.

"그렇겠지… 다른 사람들은 어쩌고 있나."

"일단은 조용히 기존의 일부터 처리하는 중입니다. 한동안은 큰 움직임을 가지지 못할 듯싶습니다."

"검찰 쪽 상황은 심각한가?"

합동수사본부의 무전이나 도청이 불가해졌다는 것을 문진원도 잘 알았다. 그래서 김정구가 따로 심어둔 사람을 통해 정보가 들어왔는지 묻는 것이다.

"일단 수사본부에서는 저희만 조준한 듯싶습니다."

"흠… 다행히 여기까지는 쑤시지 않는 것인가?"

지금 상황에서는 정보가 생명이나 다름없었다. 게다가 검찰의 시선으로 다른 접촉이 어려우니, 김정구의 라인 하나로만 정보를 받았다.

"아마도 그런 것 같습니다."

"정체불명의 조직에 대한 정보는 여전히 흔적도 없단 건가?"

"알아낸 것은 아직 없습니다."

검찰의 시선이 다른 곳으로 돌아가 있다면 천근초위에서는 정체불명의 조직을 찾아내야 했다.

하지만 그것도 쉽지 않은 여건이었기에 문진원의 입에서 침음이 흘러나왔다.

"어렵구나… 어려워……."

"일단 대표님께서는 변 의원님을 통해 대업에만 신경 써 주시길 부탁하였습니다."

"김 의원에 대해서 말인가? 하긴… 그가 대통령만 된다면 모든 일이 수월해지겠지. 허나 요즘 뉴스를 보니 싱숭생숭한 일이 벌어지던데."

인천시의원으로서 대선 출마를 발표한 정진한을 말함이었다. 천근초위에서는 그의 등장을 크게 신경 쓰지 않으려고 했지만 관심은 갔다.

"혹시 모를 일에 대비하여 정진한 의원에 대한 처리도 부탁하셨습니다."

김정구는 어떤 일이든 완벽하게 처리되길 바랐다.

그래서 다른 이들이 고민하지 않았던 정진한의 문제까지 깔끔하게 해결하려고 했다.

"굳이 그럴 필요가 있을까? 괜히 시선만 끌 수 있지 않겠나."

이런 상황에서 불필요한 관심은 자신들의 심장을 찌를 비수가 될지도 몰랐다. 그렇기에 문진원은 김정구의 부탁에 쉽게 손이 가지 않았다.

"천익에서는 움직이기 힘든 상황이라… 블루세이프티에서 정진한 의원에 대해 조사할 겁니다. 흔적이 잡히지 않도록 월드세이프펀드에서 손만 써주시면 됩니다."

미더스물산의 오평진 회장도 있었지만 현 상황에서는 그에게 부탁하기가 어려웠다. 평소에도 김정구가 하던 일에 불만이 많았으니 오히려 약점을 잡으려 할 것이기 때문이다.

"알았네. 일단 경찰 쪽으로 손을 써보도록 하지."

천익에서는 정진한을 처리한 뒤 적당한 용의자를 내세울 계획이었다. 물론 그렇게 되려면 깔끔한 수사 과정이 필요했다. 그래서 뒤처리에 대한 작업을 문진원에게 로비해 달라고 부탁한 것이다.

"저는 이만 돌아가보도록 하겠습니다."

조민아가 자리에서 일어나자 그 순간 문진원이 그녀의 손목을 붙잡았다.

"…왜 그러시죠?"

"정신없는 와중에 스트레스는 잘 풀고 다니는가?"

"뭐… 어렵긴 하죠."

문진원은 조민아를 끌어당겨 자신의 무릎에 앉혔다.

동시에 조민아는 주름이 가득한 문진원의 얼굴로 붉은 립스틱이 칠해진 자신의 입술을 들이밀었다.

지금의 상황만 봐도 두 사람이 어떤 관계로 연결돼 있는지 알 수 있었다.

주말이었다.

"자! 많이 뜨거우니 천천히 먹어!"

인천시의원 정진한은 교외에 위치한 급식 트럭과 함께 고아원을 방문했다. 그리고 길게 줄을 선 아이들에게 따끈한 식사를 나눠주었다.

"힘드시죠? 좀 쉬어 가면서 하세요."

옆에서 반찬을 나눠주던 고아원 원장이 걱정하며 물었다.

"아닙니다. 제가 충분히 할 수 있는 일이지 않습니까. 그리고 아이들도 좋아하고요."

대화를 나누는 두 사람의 뒤로, 트럭에 새겨진 급식 회사의 이름이 보였다.

[은가람 복지재단 급식센터]

차준혁의 모이라이가 본사인 재단이었다.

직접적인 관계로 정진한 의원에게 도움을 주는 것이라면 정경유착의 문제가 될 수도 있었다.

하지만 차준혁도 예측한 가능성이었다.

그래서 정진한 의원이 손수 자원봉사를 신청하여 참여할

수 있도록 만들었다.

물론 정진한 의원은 그 사실을 전혀 몰랐다.

"모두 맛있게 먹어!"

"예!"

아이들은 급식을 받아 가서 깔끔하게 먹어치웠다.

이에 정진한은 진심으로 행복한 미소를 지으며 그들을 지켜보았다.

"정말 잘 먹네요."

"다들 잘 먹어야 잘 성장할 나이니까요."

정진한은 진심으로 아이들을 생각했다. 그래서 시의원이 되기 전, 젊었을 때부터 여러 고아원들을 도와주었다.

"그보다 장난치지 마시고, 편하게 말하시라니까요."

고아원 원장인 정말숙이 고개를 저었다.

"어떻게 그러나요. 이제는 시의원이신데요."

"아오! 정말 어색합니다. 원장님."

지금 있는 고아원도 정진한이 대학 시절부터 도움을 주던 곳이었다. 그렇기에 원장과도 친분이 있었는데 의원이 되고서부터 그녀는 가끔 장난스럽게 존댓말을 썼다.

"그런가? 호호호!"

"왜 그렇게 장난이십니까. 가끔 그러실 때마다 소름이 돋는단 말입니다."

정진한이 고아원을 돌봐 온 지도 20년이 넘어갔다.

그렇다 보니 어느새 원장인 정말숙의 머리에도 흰머리가

가득 자리 잡고 있었다.

"나이도 지긋하시면서 장난은 참 좋아하십니다."

"매일 아이들이랑 놀아주다보니 그런가?"

아이들의 식사가 끝나 가자 두 사람은 주변을 정리했다. 그리고 언제나처럼 밖으로 나가 고아원 주위를 천천히 걸었다.

"벌써 20년이나 됐나?"

"정확히는 22년이죠. 그동안 많은 아이들이 여기에서 나갔죠?"

중년과 청년일 때 만났던 두 사람은 서로 지긋해진 모습을 보며 웃음을 흘렸다. 정기적으로 봐 왔던 탓인지 지금처럼 나이를 먹은 자신들의 모습이 신기할 정도였다.

"참 많이도 나갔지… 네가 도움을 준 덕분에 말이야."

"젊었을 때 잠깐씩 일했던 곳을 소개시켜준 것뿐인걸요."

정진한은 다른 누구보다 정직하고 올바른 의인(義人)이었다. 자신의 행복만 추구하지 않고 어려운 사람들부터 도와 가며 살았다.

물론 그것만으로 시의원에 오르기는 힘들었다. 지금까지 해 온 수많은 선행들이 빛이 되어준 덕분이었다.

"그것만이 아니잖니. 고졸로 취직이 어려운 아이들도 연결해주었잖아."

"당연한 일이죠. 그리고 좋은 직장은 아니지만… 아이들도 잘 일하고 있으니까요."

"열심히 살아가는 아이들이지."

어릴 때부터 고아원에서 자라 온 아이들은 성년이 되면 독립하게 된다. 다만 고졸로 취직하기에는 어려운 세상이 었다. 그렇다 보니 정진한은 변호사 시절부터 앞장서서 아이들의 취직 자리를 알아봐줬다.

"너도 참 피곤하게 사는구나."

"칭찬이시죠?"

"그보다… 오늘 기자들이 취재를 온다고 하던데?"

"기자들이요?"

"네가 대선에 나가겠다고 발표해서 그런 거 아니겠니. 어디서 말을 들었는지 너에 대해 취재하겠다고 말하던데?"

머쓱해진 정진한은 뒷머리를 긁적거렸다.

중년의 나이에 시의원까지 올랐지만 이런 상황을 알리기가 부끄러웠기 때문이다.

"설마… 취재에 응하신 건 아니시죠?"

"하면 안 되나?"

조말숙 원장은 깊게 파인 팔자주름을 활짝 피면서 웃었다. 부끄러워하는 그의 모습이 젊었을 때와 닮아 보였기 때문이다.

"그러지 마세요."

"하지만 대선에 출마하겠다고 발표까지 했잖니."

"그거야……."

"결정을 내렸다면 부끄러워하지 말아야지. 설마 그런 모습으로 국민들 앞에 설 거니?"

나름 자신도 생각한 바가 있어서 그런 중대한 결정을 내린 것이다. 그렇기에 정진한은 원장의 물음에 웃음을 짓다가 진지해졌다.

"아니죠."

"그럼 누구보다 앞장서야지. 지금처럼 말이야."

그가 국회의원에 출마할 때도 조말숙은 용기를 주었다. 그리고 이번에도 역시 줄어들던 용기를 북돋아주었다.

그때 고아원 운동장으로 기자의 차량이 들어섰다.

차에서 내린 기자들은 정진한에게 급히 다가가 인사했다.

"안녕하십니까. 정진한 의원님. 저는 인터넷 신문사 네이처펀치에서 나온 이태용이라고 합니다."

"아… 안녕하세요."

오늘 취재를 나온다던 기자는 바로 이태용이었다.

"정기적으로 고아원에 들르신다고 들었는데… 오늘 오셨을 줄은 몰랐습니다."

우연찮게 시기가 맞아떨어진 것은 아니었다.

원장인 조말숙이 정진한에게 은혜를 갚을 겸해서 이렇게 나선 것이다.

사무관 김정훈은 미처 전부 확인하지 못한 천익의 데이터베이스 자료를 뒤지던 중이었다.

그러다가 새로운 것을 발견하고 급히 외쳤다.

"부장검사님! 빨리 와보십시오!"

그의 부름에 유태진은 사무실에서 급히 나와 데이터베이스가 놓인 회의실로 들어섰다.

"무슨 일입니까?!"

"이리로 와서 보십시오!"

모니터에는 더욱 깊숙이 숨겨져 있던 전자장부가 띄워져 있었다.

유태진의 눈이 점점 커질 수밖에 없었다.

"허어… 이런 것까지 보관하고 있었나?"

장부에는 천익에서 관리하던 기업들에 대한 것과 더불어, 여러 회사로 흘러들어간 자금에 대한 내력이 기록되어 있었다.

"이 회사들은 뭐죠? 혹시 바로 확인이 가능할까요?"

"조사를 보내보겠습니다."

"부탁드립니다."

회사에 대한 자세한 사항은 따로 기록을 찾아보는 방법밖에 없었다. 그렇기에 김정훈은 회사 목록을 따로 적은 뒤 믿을 만한 수사관들에게 연락을 넣었다.

그사이 유태진은 회사들로 흘러들어 간 금액들을 확인했다.

"정말 어마어마한 자금들이 들어갔군요. 대체 어디로 들어간 것인지……."

자금의 흐름은 회사까지만 기록되어 있었다.

일반적인 운영자금으로 보기에는 그 액수가 상당했기에 수상해 보일 수밖에 없었다.

"바로 확인해본다고 합니다. 등기 소재지부터 확인하는 대로 알려주기로 했습니다."

"그럼 기다려봐야겠군요."

2시간 정도가 지났다.

다행히 밖으로 나가 있던 수사관들에게서 보고가 빨리 들어왔다. 일단은 등기 소재지만 확인하는 일이었으니 어렵지 않았기 때문이다.

전화를 받던 김정훈은 보고사항들을 메모지에다가 옮겨 적었다. 그리고 유태진에게 다가가 한숨을 흘리며 입을 열었다.

"소재지는 모두 비어 있다고 합니다. 소유주는 이름이 파악되었지만 따로 확인해봐야 신상이 나올 것 같습니다."

사업자 등록은 되어 있지만 실질적으로 운영되지 않는 회사였다.

"사무실이 비어 있다면 페이퍼컴퍼니라는 말이군요."

"100%겠죠. 제대로 흔적을 잡은 듯싶습니다. 지금처럼 수사해 나간다면 더욱 큰 문제점을 잡아낼 수 있을 겁니다."

"하지만 월드세이프 펀드를 어떻게 해야 할지 문제입니다. 불법투자 정황은 찾아냈지만 더 이상 나오지를 않으니……."

현재 월드세이프 펀드는 다른 검사들이 아닌 유태진과 김정훈이 단독으로 수사 중이었다.

수사정보가 밖으로 새어 나가지 않게 하기 위해서였다.

하지만 기업 수사는 증거 수집에서 어려움이 많다보니 수사 진행이 더뎌졌다.

"지금대로라면 차준혁 대표에게 도움을 청해야 하지 않을까요?"

"안 그래도 생각하던 중입니다."

기업 측면에서는 검사나 경찰들보다 기업인의 정보가 더욱 믿음직했다. 게다가 차준혁은 경찰 내 특별수사고문 자격까지 있으니 말이다.

똑똑!

그때 누군가가 문을 두드리자 유태진과 김정훈은 고개를 돌렸다.

안으로 들어온 사람은 두 사람이 방금까지 말하던 차준혁이었다.

"많이 바쁘십니까?"

"허어… 어쩐 일이십니까?"

깜짝 놀란 두 사람은 자리에서 벌떡 일어났다.

"지난번에 데이터베이스 분석을 요청하셨지 않습니까. 거기서 따로 알아낸 정보가 있어서 왔습니다."

"아! 뭔가 나왔습니까?"

유태진은 차준혁이 내민 서류 봉투를 넘겨받아 확인해보았다. 그 안에는 여러 회사들에 관한 정보가 세세하게 기록되어 있었다.

"이건……."

"데이터베이스에 저장된 페이퍼컴퍼니에 관한 자료입니다. 그리고 같이 요청하셨던 계좌조회 영장으로 모두 찾아봤습니다."

서류는 방금 전, 유태진이 김정훈을 통해 지시했던 정보의 결과들로 가득했다. 게다가 페이퍼컴퍼니의 돈이 어디로 흘러들어 갔는지까지도 나와 있었다.

"자금이 들어간 곳이… 월드세이프 펀드와 미더스물산?"

"거기서 끝이 아닙니다. 조회되지 않는 계좌도 있기에 제 인맥으로 별도의 조사를 해보니 국정원 차명계좌더군요."

"……!"

미더스물산은 갑자기 튀어나온 곳이지만 월드세이프 펀

드는 합동수사본부에서도 조사하던 곳이었다.

당연히 이런 결과를 보게 된 유태진은 드디어 증거를 찾아냈다고 생각했다.

"제가 보기에는 천익이 다른 기업들과 더불어 국정원과도 은밀한 관계였던 것으로 생각됩니다."

자금의 흐름에 포함된 페이퍼컴퍼니는 한두 군데가 아니었다. 그곳에서 움직인 금액만 봐도 상당하니, 얕은 관계라고 보기는 어려웠다.

당연히 천익과 월드세이프 펀드, 미더스물산. 게다가 국정원까지 연루된 거대한 고리라고 생각할 수밖에 없었다.

"이거… 사태의 심각성이…….."

말을 이어가려던 유태진은 살짝 열린 회의실 문틈으로 몇몇 검사 및 사무관과 눈이 마주쳤다. 그는 그들을 수상하게 여기면서 문쪽으로 걸어가 문을 제대로 닫았다.

"신경 쓰이시나보군요. 요즘도 도청장치를 확인하고 계신가요?"

차준혁의 걱정스런 물음에 유태진은 한숨부터 깊게 흘렸다.

"후우… 천익도 상당히 거대한 기업입니다. 게다가 국내에서 제일 큰 펀드회사인 월드세이프나 무역회사 중 다섯 손가락 안에 들어가는 미더스물산, 그것도 모자라 국가정보기관인 국정원까지 연루되지 않았습니까. 그들의 손이 여기까지 뻗쳤으니 조심해야죠."

지난번에 적발한 검사나 사무관도 있었으니 유태진의 입장에서는 어떤 상황보다 긴장되었다.

"조심해서 나쁠 것은 없죠. 그럼 지금의 자료로 해당 기업들을 압수 수색하실 겁니까?"

"일단 이 정도면 증거가 될 듯싶습니다."

계좌 기록으로 입증하기 어려운 자금운영 상황이 드러났다. 당연히 해당 기업들은 본격적인 수사가 들어가면 이 상황에 대해 해명할 필요가 있었다.

물론 검찰 측에서는 그들이 지금의 기록을 제대로 설명할 수 없다고 판단했다.

"아, 마지막으로 월드세이프 펀드를 최우선적으로 공격하시려면 뒷장의 자료를 보시면 좋을 겁니다."

"뒷장이요?"

유태진은 자료를 뒤로 넘겼다.

월드세이프 펀드가 페이퍼컴퍼니를 통해 한걸음복지재단으로 기부금을 넣은 상황이 적혀 있었다.

"보시면 아시겠죠?"

"엄청난 금액이 들어갔군요. 하지만 이걸 대체 왜……."

"최근 들은 정보대로라면… 지구당 교인으로 들어갈 뻔했던 사람들을 해외로 내보내려던 자금이 아닐까 생각됩니다."

"그런 일이 있었습니까?!"

지구당교인 사람들에 대한 사건은 상당한 기간이 지난

터라 서서히 잊혀져 갔다.

　그것은 유태진에게도 마찬가지였다.

　갑자기 그 사건이 튀어나오자 놀랄 수밖에 없었다.

　"합동수사본부의 수사사항은 아니지만 당시 사건과 연관된 것으로 여겨진 사건이 하나 있습니다."

　"그게 뭐죠?"

　"우지훈이라고, 한걸음 복지재단 지원부에서 일하던 사람이 교통사고로 죽은 사건입니다. 그 사건을 취재하던 이태용이란 기자가 납치당하기도 했죠."

　그제야 유태진도 어떤 사건인지 떠올릴 수 있었다.

　"아, 기억나는군요."

　"제가 생각할 때는 우지훈이란 사람이 이번 일과도 연관된 것 같습니다. 그 사건과 엮어서 수사해보심이 어떨까 싶은데요."

　유태진은 서류에 적힌 월드세이프 펀드의 기부금을 뚫어지게 보았다. 일반적인 기부금이라면 절대 페이퍼컴퍼니를 통해 넣을 리가 없었다.

　당연히 무언가 숨길 것이 있다는 의미였다.

　"확인해보도록 하죠."

　"그럼 기대하겠습니다. 저는 밖에서 기다리는 사람이 있으니 돌아가보도록 하겠습니다."

　"데이터베이스를 분석해주셔서 감사합니다."

　차준혁은 유태진과 인사를 나눈 뒤 회의실에서 나갔다.

그리고 복도에서 기다리고 있던 신지연과 걸음을 옮겼다.

"끝나셨어요?"

"잘 건네줬죠. 그보다, 제가 들어간 뒤에 밖으로 나온 사람이 있었어요?"

"3명이 있었어요."

신지연은 대답과 함께 수첩에 적어둔 이름들을 넘겨주었다.

"검사 2명과 수사관 1명이군요."

신지연은 합동수사본부 인원을 모두 파악하고 있었기에 얼굴만 봐도 누구인지 알 수 있었다. 그래서 차준혁이 안으로 들어간 사이에 나온 사람들을 정확히 적은 것이다.

"조사해보실 거죠?"

"제가 아니라 수사 1팀이 해야죠."

세 사람 전부는 아니겠지만 그중 몇 명은 천근초위의 사주를 받았을지도 몰랐다. 그렇지 않고서야 차준혁이 들어간 그 절묘한 타이밍에 밖으로 나오기는 힘들었다.

"이제 본격적으로 시작되겠네요."

"최대한 궁지로 몰아넣어야죠."

차준혁은 신지연과 함께 걸으면서 수첩에 적힌 이름과 요청사항을 이동형에게 전송하고서는 차에 올라탔다.

월드세이프 펀드 문진원은 자신의 사무실로 찾아온 한걸음복지재단 이사장 정태훈을 만나고 있었다.

"보내주신 자금은 잘 받았습니다. 그런데 예정 금액보다 상당히 많던데……."

정태훈의 감사인사에 문진원은 미소를 지어 보였다.

"일부러 넉넉하게 넣었네. 그 정도면 이번 한울일렉트로닉스에서 적자난 금액도 충분히 매울 수 있겠지."

"거기까지 알고 계셨습니까?"

한울일렉트로닉스도 정태훈이 사장으로 있는 회사였다.

현재 모이라이의 MR테크가 전자 계열사들을 독보적으로 앞지르면서 적자를 면치 못했다. 그렇다 보니 한울그룹 내에서 세력이 약해져서 고전 중이었다.

"서로 돕자고 하는 일인데 잘 알고 있어야지."

"덕분에 요긴하게 쓸 수 있을 듯합니다."

그룹에서 힘을 잃어 가던 정태훈은 본사 임원들이나 투자자들을 포섭할 자금이 필요하던 참이었다. 그런데 일렉트로닉스에서도 적자가 나다보니 어려움을 겪는 중이었다.

당연히 월드세이프 펀드에서 지원해준 자금은 그에게 있어서 가뭄의 단비처럼 느껴질 수밖에 없었다.

"난 정태훈 사장께서 한울그룹을 차지할 때까지 도와줄 것이네."

"믿음직스럽군요. 하지만 가능하겠습니까?"

한울그룹의 회장인 정한용은 여전히 그룹 내 영향력이 상당했다. 그렇기에 각 계열사 사장들도 함부로 움직이기가 어려웠다.

"정 회장이 좀 높기는 하지. 허나… 언젠가는 무너질 산이야."

정한용 회장은 그룹 내에서 폭군으로 유명했다.

그렇다 보니 강건한 경영 체계를 유지하고 있었지만 나이를 먹어갈수록 그에 비례하여 힘도 약해져 갔다.

측근들은 느끼기 어려웠지만 기업들을 유심히 살펴야 하는 문진원에게는 너무도 잘 느껴졌다. 그래서 야심이 가득한 정태훈을 앞세워 한울그룹을 집어삼키려는 것이다.

"헌데… 검찰에서 월드세이프 펀드를 노리고 있단 말이 들리던데요. 괜찮으신 겁니까?"

정태훈도 합동수사본부에서 미세하게 흘러나온 정보를 얻고 있었다. 기업들에게 워낙 민감한 사항이 많은지라 그도 신경이 쓰일 수밖에 없었다.

"서로 투자가 오고가다보니 형식적으로 관심일 뿐이네. 그런 일이야 기업을 운영하면서 한두 번 겪는 일도 아니지 않나."

대수롭지 않게 말한 문진원도 신경 쓰이기는 했다.

그러나 합동수사본부에서 천익만 집중적으로 노리고 있다는 소식을 들었기에 조금은 안심하고 있었다.

"그거야 그렇지만……."

"걱정하지 말게나."

우우우웅! 우우우웅!

그때 문진원의 핸드폰이 울렸다.

액정에는 사무실 바깥에 있을 비서, 김상헌의 번호가 찍혀 있었다.

"무슨 일인가?"

―방금 전에 검찰에서 체포영장과 수색영장을 들고 위로 올라갔습니다.

"검찰?! 무슨 명목으로 말인가?"

갑작스런 소식에 문진원의 표정이 굳어졌다.

―뇌물수수와 공금횡령이라고 합니다. 게다가 같이 계신 정태훈 사장에게도 영장이 나왔습니다.

"대체 무슨……!"

이미 피할 곳이 없었다.

쾅!

이내 사무실 문이 벌컥 열리더니 합동수사본부 유태진 부장검사가 들어섰다.

"여기 전부 모여 계셨군요! 문진원 회장님과 한걸음복지 재단의 정태훈 이사장님."

유태진은 그들을 부르며 영장을 내밀었다.

문진원이 미간을 잔뜩 찌푸렸다.

"밑에서 들었네만… 영장이 나와서 날 체포한다고?"

"귀는 먹지 않으셨는지 잘 들었군요. 정확히 영장까지

나온 것이니 조용히 동행해주셨으면 합니다. 물론 두 분 모두 말이죠."

정태훈이 얼굴을 구기며 말했다.

"나도 말입니까?"

미처 통화를 듣지 못한 그로서는 지금 상황을 이해하기 어려웠다.

"정태훈 씨는 뇌물수수와 살인교사죄에 의한 체포영장입니다. 나름 체면은 지켜드릴 테니 조용히 따라와주시죠."

유태진의 뒤쪽에는 검사와 수사관들이 서 있었다.

대기업의 상부를 체포하는 일인 만큼 만반의 준비를 하고 온 것이다.

"살인교사? 그게 무슨⋯⋯."

정태훈의 뇌리로 한 명의 얼굴이 스쳐 지나갔다.

지원부에서 기부 비리를 캐내려다가 죽임당한 우지훈의 얼굴이었다.

"생각나시는 것이 있나요? 아무튼 자세한 사항은 검찰청으로 가서 말씀해주시죠."

수사관들이 안으로 들어가 문진원과 정태훈의 양 옆으로 섰다.

두 사람은 서로의 눈치를 보았다.

솔직히 우지훈을 처리한 것은 정태훈이 아닌 천익에서 한 짓이었다. 그것을 당장이라도 말하고 싶은 표정이었지만 정태훈은 꾹 참아냈다.

[월드세이프펀드와 한걸음복지재단의 커넥션! 기부 명목으로 전해진 출처 불명의 검은돈!]

[한걸음복지재단 우XX 씨의 조작된 교통사고! 내부비리를 조사하던 중에 당한 입막음 살해. 배후는 재단이사장 정XX 씨로 밝혀져!]

[부산 미더스물산 회장 오XX 씨과 시의원 오XX 씨 뇌물 수수혐의로 검찰의 구속수사!]

[국정원의 은밀한 행보. 검경합동수사본부가 재수사에 들어간 조작된 사건이 다수!]

검경합동수사본부가 공격한 곳은 월드세이프 펀드와 한걸음 복지재단뿐만이 아니었다.

천근초위의 본진이라 할 수 있는 기업들을 일제히 덮쳐 모든 중요 인물들을 체포해 나갔다.

물론 언론사에서는 천익에서 중앙언론사들을 통제하여 최대한 억제하려고 했다. 그러나 모이라이가 관리하는 인터넷 신문사에서 최대한 확장시키는 바람에 오히려 물 먹은 것처럼 되었다.

때문에 세상은 또다시 시끄러워졌다.

"드디어 녀석들을 잡았습니다."

주상원이 회의실에 모인 IIS의 수뇌부들을 향해 말했다. 그러자 모두가 고개를 끄덕이면서 그의 대답이 이어지기를 기다렸다.

"허나… 지금 상황만으로는 녀석들의 죄목이 전부 드러나기가 어렵습니다."

"맞습니다. 실질적으로 검찰에서는 그들이 친일파 조직이란 것을 모르니까요."

정보분석팀장 한재영이 주상원의 의견에 자신의 생각을 덧붙여주었다. 물론 다른 수뇌부들도 그와 같은 의견이었다.

검찰에서 체포한 천근초위들은 뇌물수수와 공금횡령, 타 기업과의 불법유착 등등의 죄목으로 영장이 나왔다. 현재 상황대로라면 그들이 남은 재력을 이용해 실형에서 빠져나갈 수도 있었다.

당연히 겨레회와 IIS는 그렇게 만들고 싶지 않았다.

"일단 우리는 정부를 움직여 친일파 재산에 대한 법안을 올리는 중입니다. 곧 있으면 통과될 것이니 그들이 친일파라는 것만 입증시킬 수 있으면 됩니다."

겨레회는 천근초위를 압박해 가면서 본격적으로 움직였다. 그로 인해 움직인 정치인들이 법안도 발의하면서 나름대로 일을 진척시켜 갔다.

천근초위에서 막을 법한 일이었지만 앞으로 나섰다가는

오해받을 수도 있기 때문인지 조용했다. 덕분에 일을 무사히 진행할 수 있었다.

"하지만 입증이 어렵습니다."

한재영은 여전히 걱정이 가득한 표정이었다. 그만큼 천근초위의 진실된 죄악을 증명하기가 어려웠다.

"흠… 차 대표께서는 어떻게 생각하십니까? 혹시 생각해두신 방법이 있으십니까?"

이번 회의에는 차준혁도 참석해 있었다.

그는 지금까지 IIS수뇌부들의 논의를 들으며 고심하던 중이었다. 그러다가 지금까지의 계획에 문제가 없다고 판단하고 천천히 입을 열었다.

"스스로 무덤 속에 들어가도록 할 겁니다."

그의 추상적인 대답에 수뇌부들의 고개가 일제히 차준혁에게로 향했다.

그들처럼 놀란 주상원이 먼저 물었다.

"생각해두신 것이 있으십니까?"

겨레회나 IIS에서는 지금까지 만들어진 상황만으로도 나쁘지 않다고 생각했다. 그러나 천근초위를 뿌리째 뽑아야 했기에 방법을 강구하던 것이다.

다만 검찰까지 움직인 단계에서 더 이상은 진척시키기가 어려웠다.

"이미 판은 만들어졌습니다. 뭐… 천근초위에서 스스로 한 것이지만요."

"그들이 말입니까?"

천익의 데이터베이스에 대동요양원이나 월드세이프 펀드, 미더스물산, 국정원의 정보를 넣은 것은 바로 이지후였다. 보안프로그램을 뚫으면서 겨레회에서 모아 온 자료를 은밀하게 저장시켜둔 것이다.

물론 검찰에서는 그 사실을 모르고 순수한 증거라고 생각했다. 그로 인해 천근초위의 수뇌부들이 대거 잡혀 들어갔고, 김정구와 변종권만 남았다.

두 사람이 할 수 있는 일은 많지 않았다. 물론 김태선도 남아 있었지만 그는 그저 꼭두각시에 불과했다.

차준혁은 그런 상황 속에서 천근초위가 단 하나의 선택을 할 것이라고 판단했다.

'김정구와 변종권은 최후의 수를 위해 다른 천근초위들을 설득하겠지.'

조용히 생각에 잠긴 차준혁을 보며 주상원은 조심스럽게 입을 열었다.

"차… 대표?"

"아, 죄송합니다. 자세히 설명드리자면 김정구와 변종권은 김태선에게 모든 것을 쏟아부으려고 할 것입니다."

"하지만 김정구의 천익은 검찰수사로 자금이 동결된 상태입니다. 발견되지 않은 페이퍼컴퍼니에 비자금이 있다고 하더라도 움직이기 어려울 텐데요."

"맞습니다. 그 때문인지 변종권은 타당(他黨)과 접촉하고 있습니다. 지금의 움직임이라면 세력을 모아 알게 모르게 법안을 기각시키려는 것일지도 모릅니다."

주상원의 의견에 한재영이 최근 들어온 정보를 추측하며 대답했다. 물론 그것조차 차준혁의 예상 안이었다.

솔직히 바보가 아닌 이상 자신들의 목을 죌지 모르는 법안을 통과시킬 리가 없었기 때문이다.

"당연히 그렇겠죠. 하지만 그것도 어려울 겁니다. 스스로 친일파가 되려는 것이 아니라면요."

대답을 마친 차준혁은 손목시계로 시간을 확인했다.

때마침 화제가 준비하던 것과 맞아떨어지자 앞으로 걸어 나갔다. 그리고 단상에 놓인 컴퓨터로 인터넷 신문사인 네이처펀치의 사이트를 띄웠다.

[청와대 친일파 재산 환수 법안 발의에 대한 결정은?]
[한민국당 대표 변종원 의원의 적극적인 행보! 법안 발의에 대한 긍정적인 검토!]

현대 네이처펀치는 각종 사건을 먼저 터뜨렸던 화두(話頭)로 인해 신뢰도가 높았다.

반면에 중요한 사건을 매번 뒷전으로 미뤄둔 중앙언론사들은 신뢰가 떨어질 수밖에 없었다.

"다들 아시다시피 네이처펀치를 비롯한 여러 인터넷 신문사는 저희 모이라이에서 지원하는 언론사입니다. 게다

가 여러 사건들을 보도했던 덕분에 매일 뜨는 보도의 조회 수도 어마어마하죠."

그의 말처럼 기사마다 조회된 수는 수백만에 달했다.

회원제로 운영되어 중복되지 않았기에 그만한 사람들이 순수하게 봤음을 의미했다.

"어허… 언론을 이용해 변종권의 걸음을 억지로 움직이겠단 것이군요."

친일파 재산 환수 법안은 누가 생각해도 발의되어야 했다. 그런데 은밀하게 기각시킨다면 화두에 오른 기사로 인해 국민들의 불신을 일으킬 수도 있었다.

주상원과 더불어 다른 수뇌부들도 감탄사를 흘렸다.

"정말로 기가 막힌 생각이구나."

뒤편에 앉아 조용히 지켜만 보던 유중환 사범도 차준혁을 칭찬해주었다.

"잡을 것이면 확실하게 잡아야 하니까요."

한재영이 걱정했던 변종권의 움직임은 네이처펀치와 다른 인터넷 신문사를 통해 겨레회에게 유리하도록 퍼지고 있었다.

몇 수 앞을 내다본 공격이기 때문에 그들도 난처할 것이 분명했다.

며칠 뒤면 '친일파 재산 환수'에 관한 법안이 결정될 될 것이다. 그런데 인터넷에서 시끄러워지자 변종권은 머리를 쥐어뜯고 싶었다.

"도대체 이게……!"

똑똑.

그때 노크 소리와 함께 오옆 사무실에 앉아 있던 김태선이 얼굴을 내밀었다.

"인터넷을 보셨습니까?"

"…보았네."

흐려진 그의 목소리에 김태선의 미간이 깊게 패였다.

"변 의원님께서는 그럴 의도가 없지 않습니까."

김태선도 천근초위에 관해서 잘 알았다. 그렇기에 친일파 재산 환수 법안은 절대로 통과되어서는 안 되었다.

물론 자신들이 친일파의 후손이라는 것을 쉽게 들키지도 않겠지만 조심할 필요가 있었다.

"당연하지. 어찌 그 법안을 통과시키겠나."

"하지만 예전 인터뷰에서 왜 그런 말을……."

해당 법안을 발의한 것은 다른 의원이었다.

그러나 변종권은 국민들의 신뢰를 얻기 위해 감정에 호소하며 동의한다는 의사를 살짝 내비쳤다.

그런데 그것이 독이 되어 한민국당을 공격해 온 것이다.

"내가 이렇게 쓰일 줄은 알았나!"

취재해 갔던 것은 중앙언론사였다. 지금 그곳은 천익의

94

통제를 받고 있기 때문에 문제가 없을 것이라고 여겼다.

하지만 언론 통제가 격해지면서 불만을 가진 여러 언론인들이 인터넷 신문사로 이직해 갔다.

그 결과 변종권의 자료 역시 그쪽으로 흘러들어 갔다.

"괜히 무덤만 파게 된 꼴이 되었습니다."

"그러게 말이네. 이 상황을 어찌 타파해야 할지……."

"천익에서는 어떻게 움직이기로 했답니까? 지금은 거기뿐이지 않습니까."

김태선은 듬직한 지원군이던 조직이 휘청거리자 눈앞이 막막해졌다. 다행히 지금까지 해 온 선행으로 대권주자의 기반이 잡힌 상태였지만 그럼에도 걱정될 수밖에 없었다.

"일단 김 대표가 해결책을 모색하기로 했네."

"거기서요? 마땅한 방법이 있답니까?"

천익 또한 데이터베이스가 털리면서 발목이 잡힌 상태였다. 임설이 죄를 모두 인정하여 검찰의 시선에서 벗어나 있기는 하지만 선거에 필요한 자금을 움직이기는 어려웠다.

"무엇이 나오든 기다려봐야지."

지금은 고개를 웅크리고 있을 시기였다.

그렇다 보니 불필요한 접촉도 최대한 피하고 있었다.

그 탓에 초조해진 김태선은 자신의 턱을 손가락으로 벅벅 쓸어댔다.

용진로펌의 새로운 대표인 노중석 변호사는 서울구치소를 방문했다.

잠시 후, 면회실로 들어온 사람은 월드세이프 펀드의 문진원이었다.

"누가 보내서 왔는가?"

그의 물음에 노중석은 명함 한 장을 내밀어 보였다.

[천익 대표 김정구]

문진원에게 넘겨준 것이 아니었다. 그가 확인을 마치자 명함은 다시 노중석의 품속으로 들어갔다.

"그랬군."

"다른 분들은 저희 말고 다른 로펌에서 맡게 될 겁니다. 그러니 잘 부탁드립니다."

천익의 김정구가 천근초위의 인원들을 위해 수배한 변호사였다.

문진원의 입가에 미소가 자리 잡았다.

"역시 그 사람이군."

어디서 듣는 귀가 있을지도 몰랐기에 일부러 이름을 거론하지는 않았다. 그의 의도를 문진원도 눈치챘기에 조용히 말을 이어갔다.

"앞으로는 어떻게 할 생각인가?"

"일단 천익의 데이터베이스에서 나온 증거들은 얼마 전

에 해외지사로 발령 나간 추정국의 짓으로 보입니다."

"추정국 지사장 말인가?"

당연히 말도 안 되는 소리였다.

그것은 용진로펌에서 증거의 대상을 문진원이 아닌 그에게 돌려 뒤집어씌우겠다는 의미와 같았다.

"발령 나가서도 그의 세력이 임설 대표에게 뇌물을 받아 페이퍼컴퍼니로 불법 투자했던 것이죠. 회장님께서는 누명을 쓰신 겁니다."

"내가 사람을 너무 믿었군."

"덕으로 경영해 오시다보니 생긴 실수일 뿐이죠. 저희 로펌에서 반드시 바로 잡아드리겠습니다."

"부탁하네. 그리고 가족들과 회사에는 별다른 문제가 없을 것이라고 전해주고."

로펌의 계획이 모두 전해지자 문진원의 미소는 더욱 짙어졌다.

노중석은 고개를 끄덕이면서 말을 이어 나갔다.

"그보다… 중요한 일에 도움을 좀 주셔야 할 듯싶습니다."

"여기서 내가 할 수 있는 일은 없네만. 무슨 도움을 말인가."

"복지회관 기부금 납부 일정에 문제가 생겨서 말입니다. 그쪽에 자금이 좀 필요할 것 같다고 부탁을 받았습니다."

순간 문진원의 입가가 싸늘해졌다.

노중석의 말이 무엇을 의미하는지 잘 알았기 때문이다.

"우리가 난처해진 상황에서 그런 부탁까지 한단 말인가?"

"그런 상황이기에 요청을 드리는 것입니다. 그리고 다른 기부자 분은 수락하셨습니다."

"허어……!"

노중석이 말한 이들이란 미더스물산의 오평진이었다.

천익과 더불어 천근초위의 기업 부문을 맡은 이들로 복지회관이란 숨겨둔 비자금을 말하는 것이다.

"어떻게 하시겠습니까? 상황이 어려운 것은 알지만… 워낙 중요한 일이라서 말입니다."

노중석의 시선이 면회실 바깥으로 향했다.

혹시나 밖에서 몰래 듣는 사람이 있을까 걱정하는 눈치였다. 그사이 문진원은 머리를 굴려봤다.

검찰에게 걸린 비리사건은 어떻게 무마시킨다고 해도 상당한 시간이 소모되었다.

그동안 김태선에게 문제라도 생긴다면 지금까지 힘들게 쌓아 온 탑이 무너질 수도 있었다. 어쩌면 김정구가 그 사실을 인식시켜주기 위해 노중석을 보내 요청한 것이나 다름없었다.

'설마… 우리가 안에 있는 동안 이상한 짓이라도 하려는 건가?'

대동요양원이 털린 상황에서 천근초위의 각자가 개인 보관 중인 비자금은 최후의 보루였다. 물론 한두 곳에 보관

해둔 것은 아니었지만 그것마저 잘못된다면 조직의 마지막 기반이 무너질 수도 있었다.

"대답해주시죠. 어쩌실 겁니까?"

처음에는 일이 잘못될 경우 천익에서 모든 죄를 뒤집어쓰기로 했다. 그런데 지금은 상황이 역전된 것이다.

노중석의 재촉에 문진원은 고심하다가 천천히 입을 뗐다.

"알았네. 그러도록 하지."

"그럼 기부금을 적어주시죠."

그의 앞으로 수첩과 펜이 내밀어졌다.

그것을 받아 든 문진원은 비자금이 보관된 장소 중 한 곳의 위치를 적어주었다.

"여기 있네."

"감사합니다. 적절하게 사용하도록 하겠습니다. 그리고 재판은 최선을 다해보죠."

자리에서 일어난 노중석은 가방을 챙겨 면회실을 나섰다.

그 모습을 지켜보던 문진원은 뒤에서 탄식을 흘렸다.

[불우아동 자선모금 기념파티]

커다란 현수막 아래로 수많은 남녀들이 멋들어진 차림으로 옹기종기 모여 있었다.

그 사람들 사이로 들어선 국회의원 김태선은 선한 미소를 지으며 자신의 주위로 다가온 여인과 대화를 나눴다.

"이렇게 초대해주셔서 정말 감사합니다."

"그동안 얼마나 초대하고 싶었는지 몰라요. 왜 그렇게 거절하셨던 거예요?"

한국사회복지법인 협회장인 김보연이었다.

그녀가 오늘의 파티를 개최하여 김태선을 초대한 것이다.

"중요한 일이 있을 때마다 연락 주셨지 않습니까."

"봉사활동 말씀이신가요? 저희 기념일 때마다 지방에 있는 분교들을 방문하러 다니셨잖아요."

김태선은 깜짝 놀란 표정을 지었다.

"협회장님께서 어떻게 알고 계십니까?"

몰래 다녔던 것인지 김태선은 그녀를 신기하게 쳐다봤다.

"선행이 쉽게 감춰지나요. 그리고 다른 사람들은 보여주려고 난리인데… 김 의원님은 왜 그렇게 숨기려고만 하세요?"

김태선이 주기적으로 선행을 베푼 이유는 대통령이 되기 위해서였다. 그것을 모르는 다른 사람들은 순수한 선행으로만 생각하고 있었다.

"그저 제가 하고 싶어서 하는 일인데요. 헌데… 평소에도 이렇게 많은 사람들이 옵니까?"

김태선의 시선이 주위에 가득한 사람들에게 향했다.

"후원해주시는 분들이 워낙 많으니까요. 그만큼 어려운 아이들에게 희망이 많다는 의미죠."

"정말 다행이군요."

그의 뿌듯한 표정에 김보연은 테이블 위로 올려둔 샴페인 잔을 들어 마셨다.

"앞으로는 잘 참여해주실 거죠? 저희 협회에서 본받아야 할 국회의원으로 상도 준비 중인걸요."

"상이라니요. 저는 괜찮습니다. 해야 할 일을 했을 뿐인데 그런 걸 받을 수는 없습니다."

김태선이 깜짝 놀라면서 손을 내젓자 주위에 서 있던 사람들의 시선이 몰려들었다. 그들도 아는 얼굴이었기에 한 걸음씩 옮겨 옆으로 다가섰다.

"김태선 의원님⋯⋯?"

"김 의원님이네요! 안녕하세요!"

차기 대권주자라 불리는 김태선이었다.

웬만큼 권력과 재력을 갖춘 이들이라면 그에게 관심이 갈 수밖에 없었다.

"정말 반갑습니다. 처음 오게 된 자리임에도 반겨주셔서 감사합니다."

그가 인사를 나누는 사이 옆으로 한 중년 사내가 지나갔다.

그를 발견한 김보연은 김태선을 반겼을 때처럼 급히 다가섰다.

"어머! 정 의원님! 아까부터 찾았는데! 이제 도착하신 거예요?"

"중요한 회의가 있어서 좀 늦었습니다."

"매번 일찍 오시다가 늦으셔서 무슨 일이라도 생기신 줄 알았죠."

그녀와 같이 다른 사람들의 시선도 옮겨졌다.

반면 김태선만 정진한을 진지한 표정으로 쳐다봤다.

'정진한 의원도 이곳에 오는 거였나?'

솔직히 이름만 '불우아동 자선모금 기념파티'일뿐이지 참가자들은 대부분 부유한 사람들이었다. 물론 그들 나름대로 불우아동을 위해 자선 경매라던가 기부금을 받기도 했다.

"김태선 의원님이시군요! 이런 공석에서 뵙다니 반갑습니다. 인천시의원으로 있는 정진한이라고 합니다."

초면이었지만 정진한은 반갑게 인사를 건넸다. 그러자 김태선은 진지했던 표정을 풀면서 그와 악수를 나눴다.

"김태선입니다. 의사당에서 뵌 적이 있는데… 기억나지 않으신 모양이군요."

"저희가 그때 인사를 나눴던가요?"

"미처 인사를 나누지는 못했죠."

한민국당이 아무리 개과천선했다고 해도 지반이 없는 무소속 의원과 쉽게 말을 나누기는 어려웠다.

그것은 누구와도 친분을 어려워하지 않는 김태선이라도 어쩔 수 없는 행동이었다.

"이렇게… 게다가 이런 장소에서 뵙게 되니 정말로 반갑습니다."

정진한은 그런 김태선의 손을 꼭 잡으며 흔들었다.

"저도 그렇군요. 그런데 여기는 매번 오십니까?"

"솔직히 부담스럽긴 하지만 아이들을 위한 자선 경매와 기부금이 모이는 곳이라서 되도록 참석하는 편입니다."

"하긴… 저도 좀 부담스럽긴 합니다."

두 사람은 머쓱한 표정으로 인사를 나누고는 파티장을 거닐었다. 사람들은 그 모습을 더욱 신기하다는 듯 쳐다보았다. 차기 대권주자 2명이 사이가 좋아 보였기 때문이다.

웅성웅성.

그러던 중에 입구 쪽이 소란스러워졌다.

김태선과 정진한의 시선도 그곳으로 향했다.

"엄청 대단한 사람이라도 왔나보군요."

"그러게 말입니다."

두 사람의 말이 정답이었다.

입구로 들어선 사람은 바로 모이라이의 차준혁이었다. 그 옆으로 공식 연인으로 불리는 신지연과 더불어 지경원, 임수희도 함께 서 있었다.

특히 뒤로 들어온 두 사람은 이번에 결혼하여 경제계에서 최고의 부부로 불렸다. 명천그룹의 영애와 모이라이의 본부장이 결혼한 것이니 당연한 결과였다.

그들의 등장은 파티장의 사람들을 점점 더 모여들게 만들었다.

"저희도 파티에 참석한 사람일뿐입니다. 그러니 동물원에서 코끼리 구경하듯이 쳐다봐주지 않아주셨으면 좋겠습니다."

차준혁이 앞으로 나서서 말했다. 중견 경영인들인 그들보다 한참 어린 나이였지만 분위기에서 묵직함이 풍겼다.

그 때문인지 사람들은 서로 수군거리며 조금씩 멀어졌다.

"준혁 씨는 평소에 이런 자리도 안 좋아하면서 왜 오자고 한 거예요?"

신지연이 신기하다는 듯이 물었다.

그녀의 말처럼 차준혁은 북적거리는 자리를 싫어했다.

"중요한 배우들이 이곳에 있거든요."

차준혁의 시선의 사람 사이를 가로질렀다.

그 끝에는 정진한과 김태선이 함께 서 있었다.

"저기 있는 두 사람이요?"

두 사람을 발견한 신지연이 조용히 묻자 차준혁이 고개를 끄덕였다.

"맞아요. 우리 일에 중요한 배우들이죠."

정진한은 차준혁이 대통령으로 밀어야 했고, 김태선은 대권주자에서 떨어뜨려야 했다. 그래야만 겨레회의 염원까지 모두 이룰 수 있는 것이다.

"무슨 이야기들 중이세요?"

갑자기 뒤로 다가온 임수희가 물었다.

"그냥 많은 사람들이 온 것 같다고요."

"당연히 많이 오죠. 이래봬도 국내에서 제일 규모가 큰 후원 파티인걸요."

임수희는 신혼여행도 국제봉사활동으로 나갔을 정도로 아이들을 좋아했고, 복지에도 관심이 많았다.

"그랬군요. 이런 자리에는 잘 참석하지 않아서요."

"경원 씨처럼 언제나 회사 일에만 집중하시죠? 그렇죠? 경원 씨?"

그 물음에 지경원은 딱히 대답할 말을 찾지 못하고 고개만 끄덕였다.

"맞아요. 준혁 씨나 경원 씨나 똑같죠. 사람들을 만나는 자리보다 일에만 매달리죠."

옆에 서 있던 신지연이 대신 말해주었다.

놀리는 상황이란 것을 알게 된 차준혁은 지경원을 보며 허탈하게 웃었다.

네 사람이 그렇게 즐거워하는 사이, 협회장인 김보연이 옆으로 다가왔다. 중요한 인사(人士)가 왔으니 직접 인사하기 위해서였다.

"안녕하세요. 한국사회복지법인 협회장을 맡고 있는 김보연이라고 합니다. 이렇게 방문해주셔서 정말 감사합니다."

"아닙니다. 복지재단을 이끌어 가는 이곳에 진즉에 왔어야 하는데… 늦어서 죄송할 따름이죠."

"상당히 어리신 것으로 아는데 대답에서 기품이 느껴지시네요."

후원 파티에 참가한 사람은 대부분이 30~50대였다.

그런 사람들 중 네 사람은 20대인 것으로도 모자라 최고의 기업의 주축들이었으니, 매우 특이한 광경일 수밖에 없었다.

"칭찬이 과하십니다."

"과하다니요! 그 나이에 쉽게 이룰 수 있는 위치인가요? 게다가 매달 재단협회에 상당한 금액을 기부해주시니 당연한 말이죠."

그녀의 말처럼 모이라이에서는 은가람 복지재단을 운영하는 것으로도 모자라 국내외를 가리지 않고 기부금까지 지급해 왔다. 당연히 복지법인협회 입장에서는 어떤 기업보다 듬직할 수밖에 없었다.

"매달 얼마나 내시는 거예요?"

옆에서 대화를 듣던 임수희가 조심스럽게 끼어들었다.

그녀 역시 복지에 워낙 관심이 많다보니 모이라이가 하는 기부금이 궁금해진 것이다.

"국내외로 기부되는 금액을 모두 합치면… 10억 정도 될 거예요."

"10억을 매달요?! 회사 이름으로 하는 거예요?"

모이라이가 매달 벌어들이는 수익을 생각하면 상당히 적다고 생각할 수도 있었다. 그러나 매달 10억이면 1년에 120억 원이나 되었다. 게다가 더욱 놀라운 사실은 따로 있었다.

"아니요. 제 사비로 기부해요. 회사 이름으로 기부하는 것은 따로 있고요."

"사비로요?!"

현재 차준혁이 모이라이의 대표로 매달 벌어들이는 수익은 어마어마했다. 또한 콩고민주공화국과 연결된 올린지 사업에 대한 인센티브도 따로 지급되었다.

게다가 계속해서 성장해 가는 모이라이의 주식까지 재산으로 순수하게 환산한다면 국제 대기업 총수와도 비견될 정도였다. 거기에 비한다면 10억은 상당히 적은 액수나 다름없었다.

"딱히 쓸 곳이 없으니까요. 물론 돈도 충분히 모으고 있고 말이죠."

"…정말 대단하시네요."

임수희는 감탄하면서 지경원을 쳐다봤다.

이번에 결혼하면서 그의 통장 관리를 맡았기 때문이다. 물론 지경원도 차준혁처럼 돈을 많이 쓰지 않다보니 모아둔 금액이 상당했다.

"왜 그러시죠? 수희 씨?"

"경원 씨는 기부 안 해요?"

"저도 하긴 합니다."

"어디에요?"

"…백혈병환자 후원회에 합니다."

당시에는 사이코패스적인 성향 때문에 감정적으로 한 것이 아니었다. 여동생인 지효원이 백혈병으로 힘들어했던 것 때문인지 지경원은 돈을 벌기 시작하고부터 의무적으로 기부해 왔다.

"아……."

지효원이 백혈병이었다는 사실은 임수희도 알고 있었다.

그래서 대답을 듣자 흐뭇한 미소가 지어졌다.

"역시 우리 남편이네요."

"고맙습니다. 수희 씨."

다정한 두 사람을 보며 차준혁과 신지연도 기분이 좋아질 수밖에 없었다.

"신혼부부라서 그런지 너무 보기 좋네요."

협회장인 김보연도 기분 좋은 목소리로 말했다.

"아무튼 협회장님께서는 바쁘실 테니 저희가 알아서 돌아보겠습니다."

"그러실래요? 제가 너무 붙잡아둔 것 같아서 죄송하네요. 즐거운 시간 보내세요."

김보연이 자리를 떠나자 차준혁의 시선은 또다시 김태선과 정진한에게 향했다. 두 사람은 무슨 이야기를 나누지 상당히 진지한 표정이었다.

"저희도 따로 돌아볼게요."

그렇게 말한 임수희는 지경원에게 팔짱을 끼고 걸어갔다.

"저들은 경쟁관계일 텐데 무슨 이야기를 저렇게 할까요?"

신지연의 물음에 차준혁은 쫑긋 세웠던 귀를 더욱 집중시켰다.

동시에 옅은 살기가 올라오며 청각이 점점 증폭되었다.

그러자 김태선의 목소리부터 들려왔다.

"평소에 그렇게 아이들을 생각하시는지 몰랐습니다. 제가 했던 행동들이 부끄러워지는군요."

"아닙니다. 제가 젊었을 때부터 고아원을 들락거리다보니 습관이 된 것 뿐입니다. 그보다 어려운 환경에서 살아오셨으면서… 이런 위치에 오르신 김 의원님이 대단하시죠."

김태선은 부모의 죽음으로 고아가 된 이후 입양되었다고 알려져 있었다. 시골 섬마을에 사는 양부모는 지금의 김태선을 키우고서도 여전히 그곳을 떠나지 않았다.

아들이 차기 대권주자가 될 정도면 으쓱해질 만한데도 말이다.

우우웅! 우우웅!

그때 김태선의 주머니에서 진동이 울렸다.

"잠시만 실례하겠습니다."

"그러시죠."

핸드폰을 꺼낸 김태선은 파티장을 벗어나 복도로 나갔다.

그 모습에 차준혁은 신지연을 두고 천천히 걸음을 옮겼다.

가까이 다가가지 않아도 증폭된 청각 덕분에 통화를 들을 수 있었다.

"전화 바꿨습니다. 변 의원님."

한민국당 대표 변종원에게 온 전화였다.

—언제쯤 돌아오는가?

"무슨 일이 있습니까?"

—구치소에 계신 분들께서 자금 사용을 허락해주셨네.

"잘되었군요."

차준혁의 입가에 미소가 지어질 수밖에 없었다.

'월드세이프 펀드와 미더스물산에서 비자금을 털어주기로 했나보군.'

두 사람의 비자금은 차준혁도 파악하고 있었다.

그러나 집중적으로 조사하던 천익과 무관하게 관리하던 자금이었기에 추적하기가 어려워서 손을 놓고 있었다.

'그것까지 턴다면… 절대로 회생할 수 없겠군.'

대동요양원은 검찰에 압수된 상태였다. 그럼에도 월드세이프 펀드의 문진원과 미더스물산의 오평진은 아직 남아있는 재력으로 구치소에서까지 편하게 생활하고 있었다.

차준혁 역시 그것을 잘 알았기에 쓴웃음만 지었다.

"자금은 어떻게 찾으러 가실 겁니까?"

─지금 천익은 문제가 있으니 우리 쪽 사람들을 사용해야 할 듯싶네.

"알겠습니다. 그밖에 사항은 들어가서 이야기 나누도록 하지요."

김태선이 통화를 마치고 돌아서자 차준혁은 사람들 뒤로 움직이면서 생각했다.

'정말로 스스로 무덤을 파는구나.'

바닥을 드러냈으면
뼛속까지 깊게 파내야지

　IIS의 주상원은 차준혁을 통해 천근초위가 내놓았다는 이야기를 전해 들었다. 때문에 서울지부로 비상을 걸어 중요 행동요원들을 불렀다.

"다들 모였는가?

　그의 물음에 제일 앞쪽으로 앉아 있던 한재영이 대답했다.

"전부 모였습니다."

"그렇다면 조사한 사항을 브리핑하지."

"알겠습니다."

　정보분석팀장 한재영이 앞으로 나가 화면을 바꾸었다.

"시작하겠습니다. 차 대표의 정보로 시작된 조사는 천근
초위에 속한 월드세이프 펀드 문진원과 미더스물산 오평
진의 비자금 문제입니다."

한재영이 버튼을 누르자 화면이 바뀌었다.

이번에 나온 것은 변종권을 감시한 요원들이 조사한 지
역이었다. 그곳은 총 12곳으로, 천근초위의 개인 비자금
이 숨겨진 후보지였다.

"보시면 아시겠지만 이 장소들 중에 자금이 숨겨진 곳이
있다고 추정됩니다."

"차명계좌는 의심하지 않는 겁니까? 두 기업 모두 해외
로 빼돌려둔 계좌가 있을 것 같은데요."

질문을 던진 것은 매드독 팀에 속한 배진수였다.

상당한 금액일 것이라 생각했기에 현금으로 보관하기 보
다는 계좌로 두었을 것이라 추측해보았다.

"확인은 하고 있지만 구치소에 들어가 있는 문진원이나
오평진이 신원을 증명해야 할 해외계좌정보를 주지는 않
았을 것이라 여겨집니다."

"하긴… 그렇겠군요."

아무리 같은 천근초위라고 해도 서로 보여주지 않을 선
이 있었다. 그렇다 보니 밑천을 드러낼 차명계좌는 넘겨주
지 않을 것이다.

그 뒤로 한재영의 보고가 계속되었다.

"조사된 12곳 중 7곳은 변종권이 선거활동으로 방문한

곳이었습니다. 그리고 나머지 5곳은 변종권이나 한민국 당과도 관련이 없었습니다."

이번에 질문한 것은 유강수였다.

"그럼 어디와 관계된 곳입니까?"

유강수는 날카로운 눈빛으로 화면 중 5곳을 뚫어지게 쳐다봤다. 그러자 한재영이 남은 장소들에 관한 사항을 화면에 띄웠다.

"전부 사제 금고 보관소입니다. 과거 천성파가 무너지고서 살아남은 조직원들이 운영하는 곳입니다."

"그렇다면 문진원과 오평진이 관계된 곳일 수도 있겠네요."

사제 금고 보관소를 방문했다면 비자금으로 숨겨둔 현금이 보관되어 있을 수도 있었다.

"계속 감시한 결과 따로 현금을 가지고 나온 정황은 없었습니다. 일단 상황을 지켜보는 듯합니다."

"그럼 우리는 뭘 하면 됩니까?"

만약 변종권이 현금을 빼낸다면 그것은 김태선의 선거비 자금으로 들어갈 것이 분명했다. 물론 평범한 방식이 아닌 정치 후원금으로 위장되어서 말이다.

겨레회의 입장으로서는 절대 그렇게 놔둘 수 없었다.

이에 한재영을 대신하여 주상원이 앞으로 나가 섰다. 그리고 미리 준비해둔 화면으로 바꿔 띄웠다.

"우리는 차준혁 대표가 했던 것처럼 이번 계획을 실행하려 합니다."

"대동요양원 때처럼 말입니까?"

"맞습니다. 네이처펀치를 이용하려는 것이죠."

IIS가 나서봤자 정체불명의 조직이 자금을 털어간 것으로밖에 인식되지 않을 것이다. 그러니 대외적으로 두 기업의 비자금과 거기에 유착된 한민국당을 까발릴 필요가 있었다.

"그렇다면 한민국당에서 자금을 옮길 때 유심히 지켜봐야겠군요."

"철저하게 마크하여 다른 곳으로 새어 나가지 않도록 해야 합니다."

대기업에 속한 월드세이프 펀드와 미더스물산이 관리해 온 개인 비자금이었다. 그렇다면 금액도 만만치 않을 것이니 자체적인 문제가 생길지도 몰랐다.

나름 IIS도 긴급한 상황에 대비하여 차준혁처럼 몇 수 앞까지 내다보려고 노력했다.

계획에 대한 결정이 내려지자 조용히 지켜보고 있던 현장 요원 관리부장인 김도성이 입을 열었다.

"그렇다면 감시는 앞으로도 일반 요원들에게 맡기도록 하죠. 지금까지 지켜봐 왔으니 문제가 없을 겁니다."

"들키지 않도록 주의해야 하는데 괜찮으시겠습니까?"

"밖으로 나가지 못한 요원들만 수두룩합니다. 훈련도 잘되었으니 걱정하지 않으셔도 됩니다."

주상원은 김도성의 표정을 보며 고개를 끄덕였다.

"그럼 잘 부탁드립니다."

며칠이 지났다.

변종권은 변호사들이 받아 온 쪽지에 적힌 사제 금고 보관소 건물로 들어섰다.

어둑한 복도를 지나 숨겨진 계단으로 내려가니 문이 나타났다. 지난번에 현금의 유무를 확인하러 왔던 곳이었기에 어렵지 않게 들어갈 수 있었다.

똑똑! 똑똑똑! 똑똑! 똑똑똑똑!

암호처럼 문을 두드리자 위쪽에 위치한 미닫이 공간이 눈만 보이도록 열렸다.

"누구시죠?"

"지난번에도 봤지 않나."

틈으로 내다보던 사내는 계단 쪽과 주위를 이리저리 훑어봤다.

"들어오슈."

끼이이익! 쾅!

안으로 들어선 변종권은 사내의 안내를 받아 기다란 복도를 걸었다. 그리고 잠시 후, 구석진 곳에 위치한 철문이 열리며 커다란 금고가 드러났다.

"다 사용하시고서 나오슈."

사내가 돌아 나가려 하자 변종권은 그를 급히 불러 세웠다.

"이보게."

"왜 그러슈?"

"금고 안에 있는 물건들을 전부 옮기려고 하네만."

"언제쯤 뺄 건지 말만 해주면 됩니다."

"자네들. 여기서 일하는 사람이 몇 명이나 되나?"

"그건 왜 묻소?"

매우 수상한 질문 탓인지 사내가 인상을 찌푸리면서 되물었다. 그러자 변종권은 손을 내저으면서 조심스럽게 말했다.

"이상하게 생각하지 말고… 큰돈을 만져보지 않겠나? 우리가 안에 든 물건을 포장해둘 테니 미리 알려주는 장소로 옮겨주기만 하면 되네."

그의 물음에 사내는 여전히 수상하다는 눈치를 보였다.

"얼…마나?"

"몇 명이나 되는가?"

"13명이오."

"한 사람당 5천만 원씩 챙겨주지. 어떤가?"

사내는 고개를 갸웃거렸다. 대체 무슨 일이기에 그만한 돈을 주는 것인지 이해되지 않았다.

"한 번 물어보도록 하죠."

그렇게 대담한 사내가 밖으로 나갔다.

혼자 남게 된 변종권은 문을 닫고 금고로 다가섰다.

티디딕! 티디디딕! 티티티딕!

금고에 달린 구식 다이얼이 그의 손에 의해 돌아갔다.

문진원이 알려준 4자리 숫자가 맞춰지자 안쪽의 잠금장
치가 풀리면서 소리가 흘러나왔다.

철컹! 끼이이이익!

두꺼운 철문 안에는 현금이 빼곡하게 들어 있었다.

대동요양원으로 잃은 비자금에 비하면 새발의 피였지만
족히 수십억은 되어 보였다.

하지만 금고가 네 곳이나 더 있으니 전부 합하면 수백억
은 될 것이다.

부족할 뻔했던 선거자금으로는 충분하고도 남았다.

"역시 사업가란 족속들도 나쁘지 않단 말이지. 정치와
다르게 현금을 이런 식으로 모아서 보관할 수도 있으니 말
이야."

현금은 한민국당 사람 중 입이 무거운 사람들을 시켜 포
장하면 되었다. 그러나 얼굴이 알려져 있었기 때문에 운반
까지는 어려웠다.

그런 이유로 변종권은 직접 운반하지 않고 다른 사람들
을 시켜 해결하려고 했다.

새벽 시간이었다.

밖에서 사제 금고 보관소를 감시하던 IIS요원들은 이상한 낌새를 느꼈다. 방금 전 변종권이 들어간 이후 덩치 큰 사내들 몇몇이 밖으로 나와 담배를 피우면서 어수선해졌기 때문이다.

"…무슨 일이지?"

감시조장이던 정대원은 이상해진 분위기를 살피면서 중거리 도청장치를 작동시켰다.

─정말 5천이나 준다고?

─그래! 한 사람당 5천씩!

─거짓말하는 거 아니야? 아니면 너무 위험한 물건이라던가.

사제 금고는 안에 무엇을 넣든지 거액의 사용료만 내면 보관이 가능했다. 게다가 비밀번호가 사용자에 따라 바뀌기 때문에 무엇이 들었는지 그들로서도 알 방법이 없었다.

─어쩔래?

─하자! 물건만 좀 옮겨주면 1억이라잖아.

물건을 옮길 동안 금고 보관소를 완전히 봉쇄시켜 놓으면 그만이었다. 게다가 한 방에 1억을 벌 수 있으니 손해보는 장사가 아니었다.

"녀석들을 이용해서 현금을 옮기려나보군."

도청으로 대화를 엿듣던 정대원의 눈이 가늘게 떠졌다.

그리고 옆에서 망원경을 들고 있던 부하에게 말을 걸었다.

"지금 바로 상부로 보고 올려."

"뭐라고 말입니까?"

도청 내용을 듣지 못한 부하가 진지하게 물었다.

"감시 대상이 돈을 옮기려고 한다고 말이야."

지시를 받은 부하는 핸드폰에 메시지를 적어서 IIS서울 지부로 보고사항을 올렸다.

계획을 모두 준비한 변종권은 한민국당 사무실로 돌아왔다.

그곳 사무실에는 미리 연락해둔 최측근들이 모여 있었다.

"의원님. 오셨습니까."

"안녕하십니까!"

한 사람의 인사와 함께 모두가 고개를 숙였다.

"빨리 와주었군."

그들은 현재나 과거에 변종권에 밑에서 정치 업무 보조를 맡았던 이들이었다. 솔직히 말이 좋아 보조 업무이지, 대부분 정치 공작에 관한 일이나 마찬가지였다.

"당연히 와야지요. 그런데 무슨 일입니까?"

질문을 던진 사내는 현재 변종원의 보좌관을 맡고 있는 유철진이었다.

"중요한 일이 있네. 그리고 절대 밖으로 새어 나가서는 안 될 일이지."

"무엇이든 말씀만 하십시오."

"그보다… 다들 자리에 앉도록 하지."

회의실에 착석한 사내들은 다시 고개를 돌려 변종권을 뚫어지게 쳐다봤다.

어떠한 지시든 경청하여 움직이겠다는 자세였다.

"돈을 옮겨야 한다. 금액은 대략 300억 정도로… 5곳에 위치해 있다. 장소는 사제 금고 보관소."

"상당한 금액이로군요. 정확히 어디로 옮기면 되는 것입니까?"

사내들은 그 어떤 토도 달지 않았다.

변종권은 흐뭇한 미소를 지은 채 말을 이어 나갔다.

"1차로 자네들이 할 일은 포장이다. 그 뒤에는 보관소 직원들이 2차 이동 장소까지 옮겨줄 것이야."

방금까지 충실하던 사내들의 눈이 크게 뜨였다.

그것은 변종권의 보좌관인 유철진도 마찬가지였다.

"사제 금고 보관소라면… 조폭들이 운영하는 곳이 아닙니까. 지저분한 녀석에게 돈을 옮기게 하면 괜히 시끄러워질 수 있지 않을까요?"

중요한 일인 만큼 못 미더운 사람을 이용하는 것이 마음에 걸렸기 때문이다.

변종권도 그런 반응이 기분 나쁘지 않았기에 슬쩍 미소를 지어 보였다.

"자네들은 충성스러운 만큼 얼굴이 너무 알려졌네. 나야

중요한 사안이라 직접 갔던 것이지만 자네들은 조심할 필요가 있어."

"어쩔 수 없겠군요."

"포창은 오늘 바로 움직이도록 하지. 내가 인원을 나눠줄 테니까 곧장 그곳으로 가서 가방에 돈을 담아주게나. 이동 장소는 적혀 있을 걸세. 물론 쪽지는 외운 후에 알아서 처리해주게."

사내들은 변종권에게 쪽지를 받아 들었다.

보관소 위치와 금고의 비밀번호가 적혀 있었다.

모두 그것을 확인한 뒤 앞에 놓인 재떨이에 내려놓고 태워버렸다.

우우웅! 우우우웅!

밤늦게까지 사무실에 있던 차준혁은 액정에 찍힌 제한 번호를 보았다.

"IIS에서 온 전화인가?"

통화 버튼을 누르자 건너편에서 한재영의 목소리가 들려왔다.

—한민국당에서 움직이기 시작했습니다.

"비자금을 옮기려나보군요."

—맞습니다. 현재 요원들이 미행 중입니다.

차준혁은 변종권이 보관소 직원인 조폭들을 이용했다는 것을 미리 보고받았다. 나름 철두철미한 준비였지만 그의 예상을 벗어나지는 못했다.

"굳이 알려주지 않고 움직이셔도 됩니다."

—아닙니다. 예전에 실패했던 경력도 있지 않습니까. 게다가 차 대표님의 정보력과 감도 무시할 수 없으니까요.

겨레회는 IIS 창립과 더불어 대부분의 일을 차준혁에게 도움 받아왔다. 커다란 문제도 차준혁의 힘으로 수월하게 해결해 왔으니, 어쩔 수 없이 한재영도 의지하는 것이다.

"IIS는 독립기관입니다. 저는 그저 도움을 주는 것일 뿐이니 이렇게까지 하지 않으셔도 됩니다."

—차 대표님 덕분에 여기까지 왔으니 조금만 더 도와주시죠. 그리고 자금이 최종적으로 넘어가는 부분에서 치려고 합니다.

"나쁘지 않은 생각이군요. 네이처펀치나 다른 인터넷 신문사들은 움직여 놨습니까?"

—그 부분을 차 대표께 부탁드리려고 연락드린 것이기도 합니다.

차준혁은 중요한 목적을 알 수 있었다.

IIS는 은밀하게 숨겨진 기관이다보니 네이처펀치와 따로 접촉하기가 힘들었기 때문이다.

"익명의 제보로 하면 되지 않습니까."

—갑자기 벌어진 일이라서… 신뢰가 없으면 쉽게 움직

124

이게 하기가 힘들 듯싶어서 말입니다.

한재영 역시 익명으로 제보하는 방법을 떠올렸다.

하지만 언론 탄압으로 민감해진 사람들이 빠르게 움직여 줄지에 대해 의문이 들었다.

"알겠습니다. 바로 조치하도록 하죠."

통화를 마친 차준혁이 자리에서 일어났다.

그때 문이 열리더니 신지연이 고개를 내밀었다.

"퇴근 안 하세요?"

"…응? 아까 비서실 직원들과 술 마신다고 가지 않았어요?"

약 3시간 전, 신지연은 먼저 퇴근한다면서 사무실을 나섰다. 나간 줄로만 알았던 그녀가 갑자기 나타나자 차준혁은 깜짝 놀랐다.

"마시고… 다시 왔어요."

술을 조금 마셨는지 신지연의 얼굴이 붉어져 있었다.

"으휴! 많이 마신 거예요?"

차준혁은 그녀를 소파로 데려와 앉혔다. 그리고 냉장고에서 생수를 하나 꺼내 와서는 그녀에게 내밀었다.

"고마워요."

"잠깐만 기다려요. 중요한 일부터 해결하고 올게요."

옷장으로 다가선 차준혁은 안쪽에 숨겨둔 장비 중 손톱만 한 기기를 꺼냈다.

"큼! 큼! 아! 아!"

그것을 목 앞으로 튀어나온 부분에 붙이고 말하자 다른 목소리가 흘러나왔다.

"뭐 하려고요?"

"정민수로 해야 할 일이 있어서요."

준비를 마친 차준혁은 추적이 불가능한 핸드폰을 찾아 꺼냈다. 그리고 이태용의 번호를 찾아 전화를 걸었다.

뚜르르르! 뚜르르르르!

신호가 얼마 가지 않아 상대방이 전화를 받았다.

—네이처펀치 이태용 기자입니다.

그때부터 차준혁은 연기를 시작했다.

"이, 이 기자님? 저… 정민숩니다."

—응? 너 민수냐? 정말 민수야?!

깜짝 놀란 이태용은 몇 차례나 되물었다. 그만큼 정민수를 찾기 위해 고생했다는 티가 팍팍 났다.

"급한 일이 있어서 전화드렸습니다."

—무슨 일인데? 너 혹시 위험한 상황이냐?

너무 급작스럽게 사라졌던 탓인지 이태용은 정민수가 또다시 무모한 취재를 하려 한다고 생각했다.

"다름이 아니라요. 제가 정치인 쪽 취재를 준비하는 중인데… 최근 변종권 의원이 비자금을 운용한단 정황을 포착해서요."

—뭐? 변종권이라면 김태선 의원이 있는 한민국당의 그 변종권 의원?

현재 차기 대권주자 의원을 둔 실세 중의 실세였다.

그런 곳의 변종권이 비자금을 운용한다는 소식이니 이태용은 깜짝 놀랄 수밖에 없었다.

"맞습니다. 오늘 그 비자금을 움직인다는 정보를 받았어요. 그런데 한두 군데가 아니라서요. 혹시 이 기자님이 움직여주실 수 있을까요?"

이태용은 조금의 고민도 하지 않고 바로 대답했다.

—거기가 어딘데? 어디로 가면 되는 거야?

차준혁은 그 대답을 듣자마자 제일 먼저 접선했다는 위치를 불러주었다.

"서울시 XX구 XX동 XXX—XX번지라고 합니다. 위험할지도 모르니 경찰이랑 같이 움직이세요."

—알았다. 내 걱정은 말고, 너도 일 해결되는 대로 네이처펀치로 와! 나도 지금 거기서 일하고 있으니까!

뚝—

그의 외침과 함께 차준혁은 통화를 끝냈다.

옆에서 그 모습을 지켜보던 신지연은 멍한 표정을 지었다.

"하아… 무슨 일인 거예요?"

비자금 이동에 관해서는 오늘 들어온 첩보였기에 신지연도 모르는 상태였다. 그래서 차준혁은 그녀가 오기 전에 벌어진 상황을 설명해주었다.

그가 자세히 설명해준 덕에 신지연은 상황을 이해할 수

있었다.

"아! 변종권이 움직이기 시작한 것이군요?"

"맞아요. 그래서 어쩔 수 없이 네이처펀치를 움직이기 위해 정민수인 것처럼 연기한 거예요."

아무것도 모르는 사람에게는 원맨쇼를 하는 것처럼 보였을 것이다. 그것은 신지연에게도 마찬가지였기에 그녀는 신기하다는 눈빛으로 쳐다봤다.

"그럼… 검찰에서도 움직이겠네요."

"네이처펀치로 인해서 검거할 수 있도록 해야죠."

현재 검찰에서는 한민국당의 움직임을 모르고 있었다. 천익의 데이터베이스에도 그쪽에 대한 자료가 없었기에 억지로 연결하기도 어려웠다.

때문에 IIS에서 차준혁을 통해 간접적으로 변종권이 걸릴 수 있도록 네이처펀치를 부탁한 것이다.

차준혁은 신지연의 옆에 앉아 있었다.

그런데 그녀는 술을 꽤 마셨는지 어느새 차준혁의 어깨에 머리를 기대고서 잠이 들었다.

"……."

"훗……."

차준혁은 곤히 잠든 신지연의 얼굴을 바라보면서 자신도 모르게 미소를 그렸다.

한편, 통화를 마친 이태용은 급히 카메라를 챙겨 들고 일어났다.

그 모습을 발견한 편집장 김홍윤이 물었다.

"조금 있으면 오늘자 기사 마감인데 어디 가냐?"

"정민수에게 연락이 왔습니다. 한민국당을 취재 중인데, 비자금이 움직이는 정황을 찾아냈답니다."

"…뭐?! 그게 정말이야?"

한민국당은 현재 정권을 휘어잡은 곳이었다.

게다가 지금까지 비리에 대해서 거론된 적이 없었다.

정민수의 제보가 사실이라면 엄청난 특종이 분명했다.

"시간이 없어서 최대한 빨리 가봐야 할 듯싶습니다."

"나랑 같이 가자!"

김홍윤도 가방을 챙겨 들고 이태용의 뒤를 따랐다.

두 사람은 밖으로 나가 차에 올라타서는 정민수에게 받은 주소를 향해 출발했다.

밤늦은 시간인 덕분에 인천에서 서울까지 1시간 정도가 걸렸다.

정민수가 보내준 주소로 찾아가자 뒷골목이 가득한 동네가 나타났다.

"여기가 맞아?"

조수석에 앉아 있던 김홍윤이 어두운 골목길들을 유심히

살폈다.

"좀 더 들어가야 할 듯싶습니다."

이태용은 차를 천천히 몰면서 골목 깊숙이 들어갔다.

이윽고 주소와 가까워지자 두 사람은 갓길 빈자리에 차를 세우고 내렸다.

"여기서부터는 걸어가죠."

정민수의 말대로 정말 비자금이 움직이는 현장이라면 위험하지 않을 리가 없었다. 그렇기에 김홍윤도 상황을 이해하고 조심스럽게 뒤를 따랐다.

"잠깐! 저기!"

천천히 걷던 김홍윤이 무언가를 손으로 가리켰다.

이태용은 고개를 돌려 그가 가리킨 방향을 살펴봤다.

"저 사람은……?"

주소의 건물은 3층짜리 빌딩이었다.

그런데 건물 앞에 서 있던 사람 중 이태용의 눈에 낯익은 인물이 있었다.

"아는 사람이라도 있어?"

"가운데 서 있는 안경 쓴 사람 말입니다. 이상진 의원의 보좌관 아닙니까?"

"그러고 보니 그러네. 이름이… 유성민이던가?"

김홍윤은 예전에 정치부에서도 기자 활동을 했다. 그렇다 보니 웬만한 의원들이나 휘하 보좌관들의 이름을 빠삭하게 외우고 있었다.

"아마도 맞을 겁니다. 그리고 이상진 의원이나 유성민 보좌관은 변종원 의원의 한민국당 소속이죠."

그뿐만이 아니었다. 주변에 선 2명의 사내 역시 한국민국당 소속의원의 보좌관들이었다.

지금은 새벽 늦은 시간이었다.

그런데 의원의 보좌관들이 으슥한 동네에 아무런 이유도 없이 방문할 리가 없었다.

"정말 여기서 비자금을 이동시키는 건가?"

그들은 무언가를 기다리는 것 같았다. 게다가 많이 초조한 것인지 계속해서 담배를 피워댈 정도였다.

"일단은 기다려보도록 하죠."

두 사람은 숨을 죽인 채 기다렸다.

시간이 차츰차츰 지나가자 건물 앞에 서 있던 세 사람이 고개를 돌려 한쪽을 쳐다봤다.

그곳에서는 승용차 2대가 나란히 달려오고 있었다.

"온 건가?"

"그런 듯싶습니다."

유성민은 차량이 다가오는 것을 보며 손을 흔들었다.

이내 그 차들은 사내들 앞에 차를 세우고 내렸다.

"의원님 사람입니까?"

"맞습니다. 시키는 대로 했겠죠? 그리고 물건은 무사합니까?"

"말한 대로 빙 돌아서 왔고, 물건도 멀쩡합니다. 돈은 준비해 왔습니까?"

사내의 물음에 유성민이 뒤쪽을 쳐다봤다.

그와 눈이 마주친 이들은 차에서 큼지막한 가방을 꺼내 사내들에게 내밀었다.

"음… 금액은 굳이 세어보지 않아도 되겠죠?"

"다섯 사람 분. 2억 5천입니다."

"그럼 알아서 내리시죠."

트렁크가 열리자 유성민과 그의 부하들은 안에서 커다란 가방들을 내리더니 자신들의 차로 옮겨 실었다.

"안에 내용물은 확인 안 해봅니까?"

"자물쇠가 멀쩡하니 굳이 확인할 필요는 없습니다. 서로 거래가 끝났으니 가보시죠."

물건을 옮겨준 사내들은 안에 든 내용물이 궁금했다.

확인하는 과정에서 볼 수 있을까도 했지만 유성민은 틈을 보이지 않았다.

"쳇! 그럼 갑니다."

사내들은 차에 올라타기 위해 움직였다.

유성민도 짐이 모두 실린 것을 확인하고 이동하려고 했다.

빡—

그 순간 한 사내가 품속에서 꺼낸 몽둥이로 유성민의 뒤통수를 후려갈겼다.

"커억!"

"너희들 뭐 하는 거야!"

갑작스러운 상황에 유성민의 동료들이 급히 내렸다.

그리고 유성민을 구하기 위해 다가섰지만 사내의 동료들이 가만히 있지 않았다.

퍼퍽! 퍽! 퍽!

정치 업무만 해 온 의원 보좌관들이 조폭들을 이길 수 있을 리가 없었다. 그 탓에 흠씬 두들겨 맞고 쓰러진 채로 일어나지 못했다.

"으으으……."

보좌관들을 모두 쓰러뜨린 사내들은 그대로 짐이 실린 차에 올라탔다.

그리고 곧장 시동을 걸어 골목부터 빠져나갔다.

순식간에 벌어진 상황을 지켜보던 이태용과 김홍윤은 카메라를 든 채로 얼어 있었다.

"…이거 어떻게 해야 하는 거냐?"

보좌관들이 조폭에게 가방을 건네준 모습은 정확하게 찍었다. 물론 그들이 몽둥이로 얻어맞고 쓰러지는 모습까지 말이다.

당혹스러운 상황이 벌어진 탓에 두 사람은 어찌할 바를 몰랐다.

이내 김홍윤이 핸드폰을 꺼내 들었다.

"뭘 하시려고요?"

"일단 경찰이랑 구급차를 불러야지."

"아… 그래야죠. 제가 경찰에 신고하겠습니다."

김홍윤과 이태용은 구급대와 경찰을 불렀다.

얼마 지나지 않아 골목에 사이렌 소리가 울려 퍼졌다.

[한민국당 의원 보좌관들의 수상한 거래 포착!]

[정체불명의 폭력배에게 강탈당한 가방의 정체는?!]

쾅—

변종권은 인터넷을 가득 채운 뉴스로 인해 책상을 내리쳤다.

이유는 그뿐만이 아니었다.

유성민과 더불어 몇몇 보좌관들이 조폭들에게 당하면서 비자금을 도난당했기 때문이다.

"죄, 죄송합니다."

이곳저곳에 붕대를 감은 보좌관들은 죽을죄를 지었다는 표정으로 고개를 들지 못했다.

"얼마나 당한 거지?"

"180억이 좀 넘는 듯싶습니다."

비자금의 금액을 정확하게 파악하지 못했기에 추측한 것

이다. 그 탓에 변종권의 표정은 더욱 일그러질 수밖에 없었다.

"크윽……."

변종원은 그래도 의자에 주저앉았다.

직속 보조관인 유철진이 조심스럽게 입을 열었다.

"…의원님. 일단 인터넷 신문사부터 해결해야 하는 것이 아닐까 싶습니다."

지금도 네이처펀치에서는 한민국당에 대한 의문스러운 기사로 인터넷을 도배하고 있었다. 시간이 지날수록 조회 수가 점점 높아져만 가니, 빨리 손을 써야 할 것만 같았다.

"거긴 손을 쓸 수 없다."

"어째서 말입니까?"

그는 차기 대권 주자가 탄생할 한민국당의 변종권이었다. 상당한 권력을 가진 만큼 어떤 언론사든 거절하기 어려울 것이 분명했다.

하지만 변종권의 표정이 한없이 진지하자 유철진은 의아한 표정을 지어 보였다.

이에 변종권은 한숨을 깊게 내쉬면서 대답해주었다.

"인터넷 신문사들은 모이라이의 비호를 받고 있다. 괜히 손을 뻗었다가는 더욱 시끄러워질 수 있어."

"모이라이가 말입니까?!"

그 정보는 천근초위 내부에서 알아냈다. 보좌관들은 모르고 있던 사실이기에 놀랄 수밖에 없었다.

"그래. 아무튼 우리가 할 일은 중앙언론사를 이용해 사건을 덮는 것뿐이야."

"자금은 어떻게 합니까?"

180억을 도난당한 탓에 남은 돈은 120억이었다. 그것도 상당한 금액이었지만 변종권의 계획을 실행하기는 부족했다.

"우리 상황에서 신고조차 할 수 없으니 그냥 놔둔다. 내가 너무 간과했어."

초조함으로 인해 일을 급하게 진행한 것이 화근이었다.

애초에 사제 금고 보관소에는 불법적인 물건만 들어왔다. 금고에서 일하던 녀석들도 그것을 노리고 돈을 받자마자 털어간 것이 틀림없었다.

"저희가 미숙한 탓입니다. 정말 죄송합니다."

보좌관들은 자신들의 방심을 자책하면서 더욱 깊게 고개를 숙였다.

"아니다. 지금은 상황을 수습하는 것이 중요해. 다들 그 일에 집중하도록."

"알겠습니다."

대답을 마친 보좌관들이 밖으로 나갔다.

이내 기다렸다는 듯이 김태선이 문을 열고 들어왔다.

매우 심각한 표정이었다.

변종권은 그런 그를 보면서 또다시 한숨을 흘렸다.

"후우……."

"일을 제대로 그르치고 말았군요."

"너무 성급했던 탓이지. 조심했어야 하거늘……."

변종권은 이를 악 물었다.

김태선은 팔짱을 낀 채로 그처럼 한숨을 흘렸다.

"일단은 선거 준비에 집중해야겠군요."

"그래야겠지."

당장 급한 것은 대선에 필요한 표였다.

현재 김태선의 지지율로도 충분하겠지만 비슷한 캐릭터인 정진한이 등장하면서 더욱 확고한 결과가 필요했다.

그 탓에 월드세이프 펀드와 미더스물산에서 가져온 비자금으로 표밭을 굳힐 작정이었다.

"저도 열심히 하도록 하겠습니다."

"당연한 소리를 하는군. 아무튼 이 일부터 수습하고 진행하도록 하지."

우우웅! 우우웅!

그때 핸드폰이 정신없게 울렸다.

변종권은 액정에 뜬 발신자 표시 제한을 보면서 얼굴을 굳혔다.

구치소에서 소식을 전해 받은 오평진이나 문진원일 것이 분명했기 때문이다.

그 시간 차준혁은 잠자던 중에 연락을 받아 IIS서울지부로 찾아갔다. 그리고 분주하게 움직이는 요원들을 피해 정보 분석실로 들어섰다.

요원들을 지휘하던 한재영은 차준혁을 발견했다.

"오셨군요. 늦은 시각에 연락드려서 죄송합니다."

"무슨 일입니까? 네이처펀치에서 제대로 취재하지 않은 겁니까? 오면서 인터넷을 보니 괜찮게 보도를 낸 것 같던데요."

"그건 문제가 없습니다. 다만 한민국당에서 사고를 쳤더군요."

그 대답에 차준혁이 고개를 갸웃거렸다.

"무슨 사고를 쳤단 말입니까?"

심각한 상황이라고 생각했는데 한재영의 입가에 미소가 번지자 차준혁은 더욱 이해되지 않았다.

"변 의원이 조폭들을 시켜서 비자금을 옮기려 하지 않았습니까."

"그랬죠."

"그 금액이 보좌관들에게 전해지면서 뒤통수를 맞았습니다. 상당한 금액을 도난당한 것으로 보이더군요."

"정말입니까?"

재수 없는 놈은 뒤로 넘어져도 코가 깨진다고 했던가.

누구보다 철두철미했던 변종권이 어처구니없는 실수를 저지른 것이다.

"일단 조폭 녀석들은 저희 요원이 처리하기 위해 따라붙었습니다."

어차피 월드세이프 펀드와 미더스물산이 비합법적으로 모아 온 비자금이었기에 신고초자 할 수 없었다.

그런 돈을 도난당했으니 변종권은 분노에 차 있을 것이 분명했다.

"진짜 어이없는 일이 벌어졌군요."

이제 하늘조차 그들의 편을 들어주지 않는 듯했다.

한재영은 사무실 중앙의 화면을 바꿔 추적 중인 요원들 상황을 보여주었다.

"저도 보고를 받고 나서 황당했습니다. 그리고 조금 있으면 해결될 듯싶네요."

"조폭들과 돈을 어떻게 하실 생각입니까?"

차준혁은 IIS에서 그들을 어떻게 처리할지 궁금해졌다.

그래서 GPS 표시가 뜬 화면을 보면서 그의 대답을 기대했다.

"네이처펀치에서 해당 사진까지 띄운 상황입니다. 그러니 조폭을 잡아다가 경찰에 넘길까 합니다."

"어떻게 말입니까?"

"지켜보시면 압니다. 그래도 깔끔하게 일을 처리하기 위해 차 대표님을 급히 부른 것입니다."

그는 대답과 함께 화면으로 시선을 던졌다.

"저쪽은 추적 중인 거죠?"

화면을 같이 살피던 차준혁이 인천 쪽으로 이동 중인 GPS를 가리키며 물었다.

"거긴 매드독 팀입니다."

차준혁을 전담한 IIS요원들은 코드명 그대로 매드독이라고 불렸다.

"기대되는군요."

부우우우웅!

조폭들을 추적 중인 배진수는 심하게 멀어지지 않도록 거리를 유지했다.

"국회의원의 비자금을 훔치는 놈들이라니… 정말로 기가 막히는군."

그는 지금 유상민이 옮기려던 비자금을 털어 간 녀석들을 쫓고 있었다. 다행히 그들은 미행을 눈치채지 못했는지 천천히 이동했다.

어차피 불법적인 물건이었기에 신고조차 하지 못할 것이라고 생각한 것이다.

우우우웅! 우우우웅!

그때 배진수의 핸드폰이 울렸다.

그가 전화를 받자 다중 통화로 바뀌었다.

"전화받았다. 각자 상황은?"

—저는 남쪽으로 가고 있습니다.

—저도 남쪽입니다.

유강수와 김욱현이 순서대로 보고했다.

변종권과의 거래를 배신하고 비자금을 털어 간 녀석들은 5곳 중에 3곳이었다.

그들을 각자 맡아 추적하다보니 갈라진 상태였다.

"인적이 드문 곳에서 처리한 뒤에 경찰로 택배 부치도록. 그리고 절대 정체를 들켜선 안 돼. 흔적을 남겨서도 안되고."

—Roger!

—Roger!

각자 대답하고 통화를 마쳤다.

배진수는 추적을 계속해 나갔다.

조폭들이 탄 차량은 경인고속도로를 타고 인천IC로 빠졌다.

"내일 바로 해외로 튈 생각인가? 그렇다면 가방 안에 내용물을 확인했나보군."

조폭들은 인천으로 가는 고속도로를 타기 전, 갓길에 차를 세우고서 트렁크를 열었다.

그때 내용물이 거액의 돈이란 것을 알게 되었고 말이다.

"이거… 인적이 드문 곳을 찾기는 어렵겠는데?"

차는 인근의 번화가로 들어섰다.

내일이 주말이라서 그런지 많은 사람들이 돌아다녔다.

"저기로 들어가는군."

그들의 차는 도로에서 벗어나 골목으로 들어가더니 인근

모텔로 들어갔다. 이에 배진수는 근처에 차를 세우고 모텔 주차장을 확인했다.

짐을 옮기기 시작한 조폭들의 얼굴에는 미소가 가득했다. 한순간의 모험이 엄청난 돈을 불러 왔으니 당연한 반응이었다.

"아주 좋아 죽는군. 이 상태면 내가 손을 쓰지 않아도 되겠는데?"

조폭들이 안으로 들어가자 배진수는 그 뒤를 따랐다.

그리고 엘리베이터가 움직이는 것을 보고 계단으로 올라갔다.

"저 방인가?"

아슬아슬하게 조폭들이 들어간 방을 찾을 수 있었다.

그 뒤로 배진수는 핸드폰을 꺼내 들어 112를 눌렀다.

"제가 지명수배 중인 강도들을 봤는데요. 여기가 어디냐면요……."

조금 소심한 방법이었지만 확실히 해결할 수 있는 방법이기도 했다.

며칠 후.

검경합동수사본부로 하나의 사건이 이관되었다.

검찰총장 사무실에서 사건 서류를 받아든 유태진은 심각

한 분위기 속에서 내용을 확인했다.

"이게 정말입니까?"

그의 물음에 검찰총장 성대봉이 근심 어린 표정을 지었다.

"그것뿐만이 아닙니다."

서류철이 2개나 더 전해졌다.

그 안에는 조직폭력배 출신의 사내들이 거금의 현금을 든 채로 체포된 사항들이 적혀 있었다.

첫 번째 서류와 비슷한 사건이었기에 유태진은 고개를 갸웃거릴 수밖에 없었다.

"조폭들이 어째서 이 정도의 현금을……."

그들이 체포될 때 가지고 있던 현금은 약 200억 원에 달했다. 은행을 털어도 가지기 힘든 금액이었기에 매우 수상한 것이다.

내용을 계속 읽어 내려가던 유태진은 눈이 커졌다.

"변종권?"

"맞네. 그들이 자백하기로는 한민국당 변종권 의원이 자금을 운반해 달라고 부탁했다더군."

"그게 정말입니까?!"

유태진이 자백 서류를 찾아 읽어보니 성대봉의 말대로였다.

"허어……."

"자네도 알다시피 한민국당은 정당 중 최고의 권력을 가진 곳이네. 그들의 증언만으로 영장을 발부하기에는 여파가 너무 커."

변종권은 차기 대권주자 김태선이 속한 정당의 대표였다. 그만큼 국내 지지자가 상당하기 때문에 쉽게 생각하기가 힘들었다.

"정말 어려운 사건이군요. 헌데 저희는 지금 천익과 관련된 기업들을 수사하는 중이지 않습니까?"

"바로 그 부분 때문입니다."

또 다른 서류가 내밀어졌다. 그 서류에는 조폭들이 소속되었던 사제 금고 보관소의 기록이 적혀 있었다.

"금고라……."

기록과 더불어 경찰에서 추가로 조사한 사항들이 나열되어 있었다.

유태진을 또다시 놀랄 수밖에 없었다.

"여기에 현금을 보관한 사람들이 월드세이프 펀드와 미더스물산 관련자들이군요."

"맞습니다. 합동수사본부에서 맡고 있는 사건과 연결되는 부분인 거죠."

대동요양원 말고, 다른 비자금을 찾아낸 것이다.

그런데 어처구니없게도 조폭들을 통해 발견된 것이니 엄청 황당했다.

"알겠습니다. 저희 쪽에서 수사하죠. 그런데 기록만 보면 월드세이프 펀드와 미더스물산만 엮을 수 있는 것이

라… 변종권 의원까지 이을 수 있을지 모르겠습니다."

그가 보관소를 방문한 CCTV라도 있다면 모를까, 조폭들의 증언만 듣고 확인하기에는 사건을 증명하기가 어려웠다.

"그거라면 얼마 전에 방송된 인터넷 신문 기사를 보면 될 것이네."

"네? 아……!!"

성대봉이 말한 사항을 떠올리던 유태진은 얼마 전에 봤던 기사를 기억해냈다.

[한민국당 의원 보좌관들의 수상한 거래 포착!]
[정체불명의 폭력배에게 강탈당한 가방의 정체는?]

"한민국당 보좌관들의 거래라고 나왔던 기사와 연관된 것이군요."

"분명히 그럴 것이라 생각됩니다."

그 사건은 인터넷에서 한창 시끄러웠다. 그러나 이후에 보도된 것도 없었고, 중앙언론사도 너무 조용했다.

게다가 한민국당이라는 이름 덕분인지 사람들의 반응은 잠깐 동안만 들끓다가 가라앉았다.

"지금의 정황대로라면 한민국당도 월드세이프와 미더스 물산… 거기에 천익과 연관된 것이라고 볼 수 있군요."

"아마도요."

천익으로 시작된 사건은 점점 여파가 커져 갔다.

지금의 사건이 대외적으로 모두 드러난다면 엄청난 영향력을 끼칠 것이다.

검찰총장 성대봉은 그런 부분이 걱정되었지만 대한민국의 안위를 위해서는 꼭 필요하다고 생각했다.

"만만치 않겠군요."

"우리가 하는 수사가 나라를 뒤흔들지도 모릅니다."

"각오하고 임하겠습니다."

이미 대동요양원에서 발견된 비자금만으로도 엄청난 영향력이 대기 중이었다. 아직 국민들에게 발표되지 않았지만 언젠가는 알려야 했기에 그만큼 결심이 필요했다.

"변종권 의원까지 이렇게 쉽게 걸릴 줄은 몰랐어요."

신지연은 차준혁의 옆자리에 앉아 신기하다는 듯이 말했다. 운전석에는 정진우, 조수석에는 주경수가 앉아 있었기에 중요한 대화를 해도 상관없었다.

"정진한 의원의 등장으로 성급해진 것이겠죠."

게다가 다른 천근초위까지 모조리 검찰에 잡혀 들어갔다. 자금줄이 불안해지니 변종권으로서는 빨리 손을 쓰려다가 실수한 것이다.

"이대로만 가면 잘 해결되겠어요."

"저번에도 말했잖아요. 아직 중요한 문제가 남은 상태예요."

"미안해요. 제가 너무 조급하게 말했네요."

기대감에 흥분한 것인지 신지연은 천근초위의 일들이 하나씩 해결될 때마다 이러했다.

차준혁 역시 이해되었기에 웃음이 흘러나왔다.

"괜찮아요. 그럴 만하죠."

대화를 나누던 사이, 차는 검경합동수사본부가 있는 건물 앞에 도착했다.

"저희는 지하 주차장에서 기다리겠습니다."

"그렇게 해주세요."

차준혁과 신지연은 차에서 내려 건물 안으로 들어갔다.

합동수사본부가 있는 층에 도착하자 유태진이 입구 앞을 지나가고 있었다.

그는 엘리베이터에서 내리던 두 사람을 보고서 걸음을 멈췄다.

"딱 맞춰 오셨군요."

"적당한 시간에 회의가 끝나서요. 많이 바쁘십니까?"

유태진은 서류 꾸러미를 한아름 안고 있었다.

죄다 사건 자료들일 테니 상당히 벅차 보였다.

"무지막지한 일이 걸려서 말입니다."

"어떤 일이기에 그러십니까?"

"일단 따라오시죠."

유태진은 두 사람을 자신의 사무실로 안내했다.

그가 바깥 상황을 살핀 뒤 입을 열었다.

"이번에 합동수사본부로 다른 사건이 배정됐습니다."

"무슨 사건이죠?"

"한민국당에 관한 것입니다."

유태진은 대답과 함께 검찰총장에게 받았던 사건 파일을 보여주었다. 그것을 확인한 차준혁은 파일로 입가를 가린 채 미소를 지었다.

'적당한 시기에 사건이 넘어갔군.'

대한민국 제일의 정당이라 불리는 한민국당이 관련된 사건이었다. 당연히 어떤 검사든 맡기 거북해할 것이 뻔했다.

추측이었지만 천익과 관계된 기업을 수사 중인 합동수사본부로 이관될 것이라 생각했다.

바로 그 추측이 딱 맞아떨어지게 된 것이다.

"어떻게 생각하십니까? 한민국당 소속 보좌관들이 거래하려던 조폭들이 사제 금고 보관소였습니다. 게다가 거기 기록에는 월드세이프 펀드와 미더스물산의 페이퍼컴퍼니 명의가 있더군요."

경찰에서 수사하면서 해당 보관소의 증거 자료를 확보했다. 거기서 나온 명의를 검찰에서 추적하여 알아낸 정보이니 확실한 것이 분명했다.

"한민국당도 관련된 것이 확실해 보이는군요. 하지만 어

떤 의원이 가담한 것인지는 증거가 따로 없지 않습니까."

조폭들의 증언만 있을 뿐이었다.

그러나 각자 60억이 넘는 돈을 무단으로 소지하고, 거짓말을 해댔던 탓에 확실한 증거가 되지 못했다.

"맞습니다. 그래서 골치가 아프던 참입니다. 혹시 차 대표라면 방법이 있겠습니까?"

그것이 유태진이 합동수사본부로 차준혁을 부른 이유였다. 사건 수사에 난항을 겪자 해결책을 알아보기 위해 말이다.

"보좌관들은 털어보신 겁니까?"

"그들만 연루된 것이 아닐 거라고 생각됩니다. 분명 의원 라인까지 연결되었을 것이니, 확실하게 엮을 수 있을 때 동시에 털까 합니다."

유태진은 한민국당이 저질렀을 것이라 추측된 사건을 제대로 파헤칠 생각이었다. 그래서 기사로 엮인 보좌관들은 나중을 기약하며 노리고 있었다.

"좋은 생각이네요."

"만만치 않은 사건이니까요."

확실한 증거 없이 검찰에서 한민국당을 흔들어댔다가는 엄청난 여파를 감당해야만 했다. 게다가 그들과 연관된 검찰의 수뇌부들도 가만히 있지 않을 것이다.

"제가 도와드릴 일은 없습니까?"

"그래서 와주시기를 부탁드린 것입니다. 천익에 대한 사건 때문에 말입니다.”

유태진이 서류를 하나 내밀어 보였다.

합동수사본부에서 수사 중인 천익에 관한 증거 자료들이
정리돼 있었다.

“이걸 왜… 저에게……?”

“수사본부 내에서도 믿을 만한 인물이 많지 않습니다.
특히 저와 김정훈 사무관은 한민국당에 대해 수사해야 하
는 상황이라서 말입니다.”

“그럼 저보고 천익을 수사해 달란 말씀입니까?”

민간인에게 수사권을 넘겨주겠다는 의미였다.

아무리 차준혁이 특별수사고문이라고는 하지만 이번 사
항은 공권력을 남용하는 것처럼 보일 수 있었다.

“설마 그럴 리가요. 차 대표님과 수사 1팀이 수사를 전담
해주셨으면 합니다.”

“하지만… 상부에서 가만히 있지 않을 텐데요.”

현재도 검찰 수뇌부에서는 합동수사본부가 강압적이라
는 의견을 내비쳤다.

천익과 관련된 인물들이 수사를 적당한 선에서 마무리시
키기 위해 하는 짓일 것이 분명했다.

유태진은 거기까지 몰랐지만 검찰로서의 사명감을 가졌
기에 그들의 말을 무시하고 있었다.

“그 부분은 검찰총장님께서 모두 맡아주시기로 하셨습
니다.”

애초에 합동수사본부는 사회를 어지럽힌 범죄자들을 솎아내기 위해 존재했다. 검찰총장 성대봉은 수뇌부들의 항의에 그 부분을 부각시켜서 설득해 왔다.

물론 수뇌부들도 수상한 낌새를 심어줄지 몰라 일정한 선을 넘을 수는 없었다.

"알겠습니다. 저와 수사 1팀이 움직이도록 하죠."

"감사합니다. 그리고 잘 부탁드립니다."

"그럼… 수사 1팀으로 가봐야겠군요."

현재 그들은 합동수사본부가 아닌 서대문구에 위치한 경찰청으로 돌아가 있었다.

난항 중인 강력 사건이 워낙 많다보니 검거율이 제일 좋은 수사 1팀이 나서고 있던 상황이었다.

"기대하겠습니다."

"직접적인 수사에서 손을 놓은 지도 오래되어서 잘될지는 모르겠습니다."

"경찰 경력도 오래되지 않으셨지 않습니까."

유태진의 말처럼 차준혁이 경찰로 지냈던 기간은 2년도 되지 못했다.

그렇게 두 사람은 우스갯소리를 하며 일어났다.

밖으로 나가던 차준혁은 수사 1팀장인 문홍진에게 전화를 걸었다.

뚜르르르르!

―차 대표님께서 무슨 일이십니까?

"방금 전에 유태진 부장검사님께 수사에 관한 부탁을 받았습니다. 그래서 경찰청으로 찾아가려 하는데 말입니다."

—그러셨군요. 하지만 지금 저희는 살인 사건을 수사하느라 국과수에 와 있습니다.

차준혁이 고개를 갸웃거리며 물었다.

"어떤 사건입니까? 제가 도움이 된다면 그쪽으로 가보도록 하죠."

—서울 일대에서 벌어진 연쇄살인 사건입니다. 그리고 저희야 차 대표님께서 와주시면 감사하죠.

통화를 마친 차준혁은 신지연과 함께 지하 주차장으로 가서 차에 올라탔다.

"어디로 갈까요?"

"국과수."

주경수의 물음에 차준혁은 곧장 말해주었다.

그 시각, 천익의 김정구는 비자금 이동 계획이 실패했다는 보고를 듣고 침음을 삼켰다. 중요한 대업을 앞두고 자금력에 문제가 생겼기 때문이다.

"정말 가지가지하는군."

짜증이 섞인 그의 목소리에 조민아는 조심스럽게 대답했

다.

"일단 120억은 확보했다고 합니다. 한민국당에서는 그걸로 선서 작업에 착수할 듯싶습니다."

여러 사건들이 산만하게 지나가는 동안 선거 예정일과 점점 가까워졌다. 이제부터 한민국당은 본격적으로 지역구들을 상대해야 하기 때문이다.

그것은 국민들이 아닌 타지방 국회의원들이었다.

다른 정당들을 설득하여 지역구를 포섭하고, 김태선을 국민들의 신뢰만 받는 의원이 아닌 완벽한 권력까지 갖춘 대통령으로 만들기 위해서였다.

"자네가 신경을 좀 써주게나."

곰곰이 생각하던 김정구의 목소리는 기운이 빠져 있었다.

"어디 안 좋으십니까?"

"흠… 어째 힘이 나질 않는군."

계속되는 실패에 어찌 흥이 날까.

가장 중요한 대업을 앞둔 상황임에도 그에게는 더욱 큰 걱정만 될 뿐이었다.

"모두 잘될 것입니다. 지금 상황만 봐도 김태선 의원의 당선을 정진한이 뒤집을 수 없습니다."

그녀의 말처럼 김태선이 국민들에게 쌓아 온 신뢰는 깊었다. 현 상황대로만 간다면 그가 아무리 애를 쓴다고 해도 당선될 수 있었다.

"나도 알고는 있네. 하지만 다른 지역구 의원들이 김태선을 제대로 지지해주냐가 문제겠지."

자금을 지원받게 된 이유였다.

한민국당이 정당 중 최대 규모라고는 해도 전국을 집어삼키지는 못했다.

당연히 세력을 넓힌 그들을 시기하는 이들이 있었다.

앞으로 한민국당은 최대한 그들을 포섭하여 김태선이 대통령이 되었을 때 밀어줘야 했다. 물론 그렇게 되려면 서로 간에 오가는 것이 필요했다.

"더욱 조심하도록 부탁해 놓겠습니다."

조민아는 천근초위의 연락망을 전담했기에 이런저런 중요한 사항들을 직접 전해주었다.

"그러도록 하지."

탄식 어린 대답과 함께 김정구는 자신의 목을 어루만졌다. 그사이 조민아는 밖으로 나가 한민국당으로 가기 위해 준비했다.

한편, 국립과학수사연구원에 도착한 차준혁은 입구에서 기다리던 이동형과 만났다.

"왔냐?"

"신림동 연쇄살인 사건이라고?"

차준혁의 물음에 이동형이 인상을 팍 찡그렸다.

무시무시한 사건인 만큼 경찰청으로 넘어왔는데 진척이 없었기 때문이다.

"3일 전에 5번째 피해자가 나왔어. 그거 때문에 골치가 아프다."

"왜 나한테 말 안 했어?"

차준혁은 짜증을 내며 물었다.

이번 사건은 본래 미래에서도 벌어졌다.

당시에도 진범이 잡히지 않았지만 미리 말했다면 그의 능력으로 충분히 도움을 줄 수 있었다.

"너야 워낙 바쁘잖아."

"그거야 그렇지만……."

경찰 입장에서는 외부인의 도움을 받는 것조차 부담스러웠다. 게다가 보통 사람도 아니고, 대기업의 총수이니 어려울 수밖에 없었다.

"일단 안으로 들어가자. 팀장님이 기다리고 있어."

그의 안내로 차준혁과 신지연은 국과수 안에 들어갈 수 있었다.

잠시 후, 그들이 도착한 곳은 부검실이었다.

5번째 피해자인 여성의 시신이 차갑게 눕혀진 상태였다.

"잘 와주셨습니다. 일단 시신을 좀 봐주시죠."

팀장인 문홍진은 차준혁과 악수를 나누고 시신을 가리켰다. 그만큼 난항 중인 수사에 도움을 받기 위해 조급한 것이다.

"흠… 교살이네요. 도망치거나 반항한 흔적이 완전히 없는 것을 봐선 약물을 이용했겠네요."

만약 도망치거나 목이 졸린 과정에서 반항했다면 어떤 흔적이든 남아야만 했다. 그러나 시신은 목과 등에 남은 상흔을 제외하면 너무나도 깨끗한 상태였다.

"저희도 그럴 것이라 추측하지만… 확인된 약품이 없습니다."

차준혁은 시신을 살펴보면서 이동형에게 사건 자료를 넘겨받았다. 5명의 피해자는 전부 20대 초반이라는 부분 외에 다른 공통점이 없었다.

그러던 중 차준혁은 시신의 머리카락을 하나 뽑아냈다. 동시에 라이브 레코드가 발현되면서 시야가 깜깜해졌다.

─죽어! 죽으라고! 네년 때문에! 네년 때문에!

피해자는 기절한 상태인지 시야는 보이지 않고 중년 남성의 거친 목소리만 들려왔다. 그 탓에 차준혁은 기억을 좀 더 앞으로 돌려 피해자가 정신을 잃었던 상황을 확인했다.

어두운 골목을 걷던 피해자는 등 쪽에 따끔거림을 느끼며 쓰러졌다.

그사이 멀찍이서 뭔가 들고 있던 사람의 그림자를 볼 수 있었다.

정신을 잃어 가던 피해자는 자신의 등에서 바닥으로 떨

어진 것을 주워들었다.

그것은 짐승을 포획할 때 쓰이는 마취 탄환이었다.

'사냥용 마취총……?'

기억에서는 범인에 대한 증거가 없었다.

그럼에도 라이브 레코드를 해제한 차준혁은 일단 중요한 사항들을 알아낼 수 있었다.

"후우……."

찰나의 순간이 돌아오며 문홍진이 차준혁에게 물었다.

"뭔가 알아내신 것이 있습니까?"

"시신의 등 쪽을 볼 수 있겠습니까?"

이에 부검의가 나서서 시선을 뒤집어주었다.

피해자의 기억에서 본 대로 등 쪽에서 조그만 멍을 발견했다.

'역시… 다른 4명의 피해자들 기억을 모두 확인해봐야겠어.'

그 뒤로 차준혁은 생각한 사항들을 정리하고서 필요한 것을 문홍진에게 부탁했다. 그로 인해 문홍진과 이동형이 잠시 자리를 비우자 신지연이 옆으로 다가와 물었다.

"뭔가 좀 알아내셨어요?"

"원한에 의한 연쇄살인 같아요."

피해자의 기억에서 들은 중년 남성의 목소리는 뼈에 사무칠 듯이 거칠었다.

"정말요?"

"분명히 피해자들에게 공통점이 있을 거예요."

얼마 뒤 밖으로 나갔던 두 사람이 부검의와 함께 다른 피해자들의 자료를 들고 왔다.

"청으로 들어가서 확인하시지 그러십니까?"

시신이 있는 곳이었기에 문홍진은 국과수에 민폐를 끼치는 듯싶었다. 그럼에도 차준혁은 멈추지 않고 서류들을 펼쳐 확인했다.

"이 자료들 확인한 사람이 누굽니까?"

"국과수라면… 그동안 남진호 형사가 확인했습니다."

한때 경찰교육원에서 차준혁의 라이벌이라고 불렸던 남진호를 말함이었다.

"녀석이 실수했네요. 피해자들은 모두 같은 중학교를 다녔습니다."

"정말입니까?"

팀 내 모든 형사들이 똑같은 자료를 전부 숙지하는 것은 불가능했다.

그렇다 보니 일을 분담했고, 그런 과정에서 남진호가 실수한 것이다.

"보시면 아시지 않습니까."

"이런……."

"여기부터 파보시면 범인의 흔적을 찾을 수 있을 겁니다. 저희는 중요한 사건을 맡아야 하니 여기서부터는 다른 팀으로 넘기시죠."

앞으로 수사 1팀은 천익을 수사해야 했다.

물론 살인 사건도 중요했지만 시간이 촉박한 상황에서 굳이 붙잡고 있을 필요는 없었다. 지금 정황만으로 다른 팀에서 용의자를 충분히 잡을 수 있으니 말이다.

"일단 확인만 시켜보겠습니다."

"알겠습니다. 일단 자료는 확인했으니 청으로 돌아가도록 하죠. 다른 팀원들도 모두 불러주시길 부탁드립니다."

남진호의 실수만 아니었다면 쉽게 해결될 사건이었다. 아마도 원래 미래에서도 이런 과정이 있었을지도 몰랐다.

공통된 피해자 정보를 확인하던 문홍진과 이동형은 어이가 없다는 표정을 지어 보였다.

차준혁은 고개를 저으며 신지연과 함께 밖으로 나섰다.

"잘 해결될까요?"

"앞으로 수사하는 데 문제만 없다면요."

피해자들의 공통점은 중학교 때였다.

그때 무슨 사건이 있었을 수도 있었다.

그렇지 않고서야 중년 남성이 그 정도로 뼈에 사무칠 원한을 가지기가 어려웠다.

"남 형사가 왜 그랬을까요? 제 기억으로는 절대 그런 실수를 안 하는 걸로 아는데요."

"저도 이상하긴 해요."

남진호의 성적은 경찰교육원에서 상위였던 만큼 깔끔했다. 물론 그의 아버지가 NS그룹의 남송 회장인 탓에 경찰로서 좋지 못한 일도 저질러 왔을 것이다.

그 사실을 알고 있던 차준혁은 이번 사건도 그것과 관련이 있지 않을까 고민되었다.

'혹시… NS그룹과 관련된 사건은 아니겠지?'

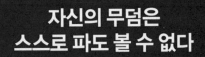

자신의 무덤은
스스로 파도 볼 수 없다

"따돌림?"

경찰청 수사 1팀장 문홍진은 강혜가 조사해 온 사항을 듣고서 되물었다.

"그렇다고 하네요. 이것도 당시에 담임이었던 선생님이 전근을 가 있어서 부산까지 갔다 왔어요."

강혜는 의도치 않았던 출장으로 짜증이 나 있었다.

"정확하게 어떤 일이 있었다는 겁니까?"

옆으로 다가온 이동형은 제대로 듣지 못해 물었다.

그러자 강혜는 한숨을 내쉬며 말을 이어갔다.

"피해자들은 중학교 1학년 때 모두 같은 반이었어. 한 여학생을 심하게 괴롭힌 탓에 자살까지 몰아 갔던 사건이 있었고 말이야. 물론 표면적으로는 학업에 대한 압박감에 자살한 것으로 종결되었지만."

"당시 담임선생님의 증언인가?"

"아니요. 그 선생님이 입을 열지 않아서 같은 반이었던 학생들을 모조리 찾아다녔어요."

그녀들이 졸업한 지 8년이 넘었다.

하나하나 찾아다니며 수사하기에는 어려움이 많았다.

"고생했네."

"흠……."

그러던 중에 사무실 뒤편으로 차준혁이 섰다.

그는 강혜가 보고해 온 사항에 맞춰 사건을 정리했다.

"넌 언제 온 거야?"

"아까부터 있었습니다. 1명은 조사가 안 됐군요?"

"진혜인 말하는 거지? 그 여자는 집안 때문에 만나지도 못했어."

"집안이요? 아, 진성보험!"

당시 사건을 떠올리던 차준혁은 마지막 피해자의 신상이 기억났다.

"알고 있어? 기업의 대표면 기업들 자제까지 기억하는 건가?"

"이것저것 알아보다보니 기억하고 있습니다."

진혜인은 국내 보험회사 상위 3위 안에 들어가는 진성보

험 진동석 회장의 외동딸이었다.

"아무튼 듣기로는 피해자 5명과 진혜인이 친했다고 하던데… 만나지도 못했어."

"뭔가 관련이 있겠네요. 아, 자살했다던 여학생의 가족사항은 없나요?"

그의 물음에 강혜가 수첩을 펼쳐 들었다.

"한성아? 모친 이영아는 3살 때 사고로 사망한 것으로 나오고, 부친 한봉수는 거의 따로 살다시피 했어. 정확히는 모르지만 강원도에서 부지 관리인을 한다더라고."

"부지 관리인이요?"

"사유지 관리 말이야. 부지 입구에서 경비도 하면서 산속에서 짐승도 잡는 일."

차준혁이 그런 것을 모를 리가 없었다.

중요한 것은 짐승을 잡는 데 쓰이는 물건이었다.

"동형아. 한성아의 부친이 총기 허가를 가졌는지 확인해줄래?"

"잠깐만 기다려봐."

이동형은 강혜에게 부친 한봉수의 인적사항을 받아서 곧장 총기관리협회에 전화를 걸어 확인했다.

"가지고 있다고 하네."

"역시……."

그의 반응에 문홍진은 차준혁이 뭔가 알아냈다고 판단하고 다가섰다.

"왜 그러십니까?"

"피해자들은 모두 등 쪽에 멍 자국과 함께 뭔가 주사된 흔적이 있지 않았습니까. 그건 마취 총을 맞았을 때 생긴 겁니다."

"그렇다면 설마……."

심한 따돌림을 받았다던 여학생의 자살과 그녀의 부친이 사건과 관계된 것이다. 다른 동료들도 그 사실을 어렵지 않게 유추해내고 놀란 표정을 지었다.

"사건을 2개로 분리시켜야겠네요."

진성보험 진동수 회장의 외동딸이 연관된 것이라면 피해자에 포함될지도 몰랐다. 당연히 경찰의 입장에서는 보호가 필요했다.

"흐음… 차 대표님께서는 천익의 사건 때문에 오신 것인데 괜찮으십니까?"

"어차피 저는 특별수사고문도 맡고 있지 않습니까."

문홍진의 걱정처럼 차준혁은 현재 경찰청만 들락거렸다. 그렇다 보니 회사에서는 신지연과 지경원이 차준혁의 업무를 대신 맡았다.

"일단 용의자 몽타주가 잡혔으니 이번 사건은 다른 팀으로 넘기도록 하죠. 그리고 여학생의 자살 사건도 다시 조사해봐야 할 겁니다."

"괜찮으시겠습니까?"

연쇄살인 사건의 실마리는 모두 찾아냈다. 그것을 다른

팀으로 넘기겠다는 것은 실적도 넘기겠다는 의미였다.

"지금은 실적보다 중요한 사건이 기다리고 있지 않습니까."

"그렇군요. 신경 써주셔서 감사합니다."

문홍진의 독단적인 결정에도 다른 팀원들은 아무런 반응을 보이지 않았다. 그저 구석진 자리에 앉아 있던 남진호만 썩은 표정을 지을 뿐이었다.

'역시… 뭔가 있나보군.'

그 표정을 확인한 차준혁은 핸드폰을 들고 밖으로 나갔다. 그리고 이지후에게 전화를 걸었다.

—무슨 일이야? 지금은 수사하느라 바쁘지 않아?

"아직 시작도 못 했어. 그보다 최근에 진성보험이랑 NG그룹에서 오간 것이 있는지 알아봐줘."

—사건이랑 관련된 거야?

"맞아. 최대한 빨리 부탁해."

—오랜만인걸!

이지후는 들뜬 목소리로 대답하고서 작업에 착수했다.

통화를 마친 차준혁은 비상계단에서 나와 다시 사무실로 들어가려고 했다. 그런데 복도 끝에 서서 통화 중인 남진호를 발견하고서 걸음을 멈췄다.

'뭐지?'

차준혁은 청력을 증폭시켜보았다.

"수사 1팀에서 사건을 넘기기로 했습니다."

―그런가? 잘됐군. 진동수 회장에게 적당히 정리되겠다고 전하면 되겠어.

"그리고 용의자가 나왔습니다. 한성아라는 여학생의 부친이라고 하는데… 사건을 조용히 마무리 지으려면 그 사람부터 정리해야 할 듯싶습니다."

―여기서 알아서 할 테니 쓸데없는 소리는 하지 마라.

그들의 통화에 차준혁은 미간이 찌푸렸다.

역시나 예상했던 대로 관련되어 있던 것이다.

'사건은 따로 진행하면서 뒤집어봐야겠군.'

통화를 마친 남진호는 멀찍이서 가만히 서 있던 차준혁을 발견했다. 그리고 아무 말도 없이 곧장 사무실로 들어가버렸다.

"자금은 다른 기업에서 끌어오자는 말인가?"

변종권은 지난번 일의 실패로 기운이 없었다.

그런 상황에서 김정구의 비서 조민아가 방문해서 중요한 이야기를 꺼냈다.

"해명그룹, 남송그룹, 천환그룹이면 저희에게 필요한 자금을 충당할 수 있을 것이라 하셨습니다."

"흠……."

천익과 월드세이프펀드가 그쪽과 접촉했다는 것을 변종

권도 알고 있었다.

"그 기업들은 현재 모이라이 때문에 세력이 축소되고 있습니다. 차후 대권을 잡고 발생될 나라 사업에 이익을 보장해준다면 가능할 것입니다."

김정구는 나름대로 방안을 마련하여 조민아를 통해 전한 것이다.

그 의견에 변종권도 나쁘지 않다고 생각했다.

"그들이 들어주겠는가?"

현재 세 기업은 모이라이로 인하 현실적인 적자 현상을 겪고 있었다.

그런 상황에서 자금을 내주기가 쉽지는 않을 것이다.

"대표님과 문진원 회장님 해명그룹을 포섭해둔 상태입니다. 그를 통한다면 가능할 것입니다."

"나름대로 설득은 필요하겠지."

"어렵지 않을 겁니다."

해명그룹은 예전에 천익에서 관리하던 회사 주식들을 운용하다가 실패했다. 그럼에도 계속 관계를 유지하고 있으니 자금에 대한 부탁을 들어줄 것이다.

"김정구 대표는 지켜만 보겠단 심산인가?"

"지금도 검찰에서 주시하는 중입니다. 합동수사본부가 해체되면서 사건이 종결나기 전까지는 움직이기 힘들 듯 싶다고 하셨습니다."

"어쩔 수 없긴 하겠지."

사건의 규모가 워낙 크다보니 쉽게 마무리 지어지지 않았다. 물론 천익에서 나름대로 검찰 상층부를 압박해보기도 했지만 소용이 없었다.

결국에는 한민국당만이 문제없이 움직일 수 있었다.

"그래도 조심해주시길 바랍니다. 중앙언론사는 저희 쪽에서 통제하겠지만… 인터넷 신문사 측에서 한민국당을 계속 노릴 겁니다."

지금도 보좌관들의 실책에 관한 기사들이 간간히 떴다.

메인 사이트는 압박하여 자제시켰지만 네이처펀치의 사이트는 언제나 호황이었다.

그만큼 읽는 사람들이 많으니 주의할 필요가 있었다.

"정말 쓸데없는 일들이 많이 벌어지는군."

"아무튼 잘 부탁드립니다."

조민아는 대화를 마치고서 한민국당 사무실을 나섰다.

다음 예정은 없었기에 곧장 천익의 본사로 돌아갔다.

끼이익!

본사 앞에 도착한 조민아는 자신의 뒤로 들어온 차를 보고 깜짝 놀랄 수밖에 없었다.

"…경찰?"

경고등이 달린 승용차 1대가 들어서더니 이동형과 차준

혁이 내렸다.

조민아의 표정이 더욱 딱딱하게 굳었다.

"뭐지?"

합동수사본부에 포함된 수사 1팀은 조민아도 모두 파악하고 있었다. 그렇기에 차준혁은 둘째치고, 이동형이 어디에 소속되어 있는지 잘 알았다.

"수사 1팀이 왜 여기에······."

저벅. 저벅.

두 사람은 천익의 본사 입구를 향해 걸어왔다.

그러다가 조민아를 발견한 이동형이 입을 열었다.

"김정구 대표님의 비서이신 조민아 씨 맞으시죠?"

"예? 아··· 그런데 무슨 일이시죠?"

"김정구 대표님께 물어볼 말이 있어서 말입니다. 안에 계시다고 들었는데··· 시간이 되실까요?"

"저도 방금 들어오는 길이라서 확인해봐야 압니다."

조민아는 데스크로 다가가 내선전화기를 들었다.

뚜르르르―

전화는 비서실을 거치지 않고 바로 연결됐다.

"조민아입니다. 대표님."

―1층인 것 같은데 올라오지 않고 왜 전화를 하는가.

"방금 들어왔습니다. 그보다 경찰청에서 물어볼 것이 있다고 형사들이 찾아왔습니다."

―알고 있네. 올려 보내도록 하지.

조민아는 표정을 굳힌 채로 돌아섰다.

"괜찮다고 하십니다. 안내해드리죠."

차준혁과 이동형을 그녀의 안내를 받아 대표사무실이 있는 층까지 올라갔다.

"의외로 호의적인데?"

일이 아무렇지 않게 진행되자 이동형은 의아해하며 조용히 물었다.

"조용히 하고 올라가보자."

차준혁도 조금 놀란 상황이었기에 생각 중이었다.

잠시 후, 두 사람은 사무실 안으로 걸어 들어갔다. 의자에 앉아 있던 김정구가 일어서서 그 둘을 맞이해줬다.

"반갑습니다. 김정구하고 합니다. 이리로 앉으시죠."

김정구는 그들이 앉는 것을 바라보며 말을 이었다.

"형사 분들만 오실 줄 알았더니… 모이라이의 차준혁 대표님께서도 같이 오셨군요."

"특별수사고문을 맡아서 같이 오게 되었습니다."

직접적으로 처음 보는 사이였다. 그사이에도 차준혁은 김정구의 태도를 유심히 살피는 중이었다.

"그런데 무엇을 묻고 싶어서 오셨습니까? 저희 기업의 비리에 관해서는 제 아내와 홍주원 이사가 모두 진술하지 않았던가요?"

이동형은 대답하지 않고 차준혁에게 시선을 돌렸다.

"질문은 제가 하도록 하죠."

"그러시지요."

김정구가 승낙하자 차준혁은 조심스럽게 말을 꺼냈다.

"검찰에서 압수한 데이터베이스 말입니다. 거기에 대해서는 전혀 모르고 계셨던 것입니까?"

"물론입니다. 저는 아는 바가 없습니다. 그 부분은 지난번 조사에서도 말씀드렸던 것 같은데요."

경찰이었던 차준혁의 위명(威名)은 상당했다.

기대했던 김정구는 식상한 질문을 받고서 조금 실망한 표정을 지었다.

"그렇다면 나도명이란 사람에 대해서도 모르십니까?"

"알고 있습니다. 제가 소유했던 부지를 매입한 사람이죠. 그게 문제가 됩니까?"

"아시다시피 나도명 씨는 살인교사 혐의로 실형을 받았습니다. 그런데 데이터베이스를 확인하다보니 그에 관한 자료도 나오더군요."

"……!"

그 순간 김정구의 표정이 딱딱하게 굳었다. 데이터베이스에는 나도명에 관한 정보가 없었기 때문이다.

"왜 그러시죠?"

"아, 아닙니다. 그런데 무슨 자료가 있었단 거죠?"

"그건 아직 공개할 수 없는 증거라 말씀드리기 힘들 듯싶습니다. 대신 천익이란 기업에 매우 좋지 못한 영향을 끼칠 것이라 할 수 있죠."

그의 의미심장한 대답에 김정구이 미간을 찌푸렸다.

자신이 알기로는 나도명의 자료는 예전에 파괴당했던 데이터베이스에만 저장되어 있었다.

이후로는 기업에서 운영되는 비자금에 관한 정보만 저장되어 임설과 홍주원이 뒤집어 쓴 것이다.

"정말… 데이터베이스에서 나도명 씨에 관한 정보가 나왔던 겁니까?"

"그렇습니다. 혹시나 알고 계신가 해서 이렇게 직접 물어보러 온 겁니다."

"제가 알고 있는 건 없습니다. 그저 사업적인 관계로만 거래가 있었을 뿐입니다."

차준혁은 속으로 진한 미소를 지었다.

너무 대놓고 발뺌하는 모습이 우스웠다.

'스스로 무덤을 파는구나.'

사실 처음에는 나도명의 자료가 없었다. 그러나 이지후가 보안장치를 풀어주면서 다른 자료들과 같이 심어두었다.

차준혁은 그것을 우연히 찾아낸 것처럼 만들어 검찰에 증거 자료로 제출해 놓았다.

"그러시군요. 다음 질문으로 넘어가죠. 증거 내용 중에 태백 인근에 위치한 마을이 있던데… 그 부분에 대해 아시는 것이 있으십니까?"

김정구의 표정이 아까보다 더욱 어두워졌다.

앞과 마찬가지로 압수된 데이터베이스에 없는 정보였기 때문이다.

"모르는 일입니다."

"거기서 상당히 오래 사셨던 걸로 아는데… 정말 모르십니까?"

다시 강조하면서 묻자 김정구는 어렵사리 평온을 되찾고서 대답했다.

"정말 모릅니다."

"흠… 그러시군요. 이제 마지막 질문입니다. 천익과 연루된 150여 개의 기업들… 거기에 백송이란 인물이 관여된 것 같던데요. 이것도 모르십니까?"

백송(白松)은 김정구의 부친, 김제성이 사채업계의 대부로 불릴 때 별명이었다.

때문에 조금 펴졌던 김정구의 미간이 다시 구겨졌다.

"모, 모릅니다."

"그렇습니까? 조사한 바에 따르면 김정구 대표님의 부친이신 김제성 씨가 사채업에 종사했을 때 불리던 별명이라고 하던데… 들어본 적이 없으십니까?"

"제 부친이 사채업을 했단 것은 알고 있습니다. 그러나 처음 듣는 별명이군요."

고작 별명일 뿐이었기에 모른다고 해서 죄가 되는 것도 아니었다.

그래서 김정구도 대충 얼버무리면서 대답했다.

"그럼 150여 개의 기업은 김제성 씨가 임설 대표에게 전부 일임했단 말이군요."

"아마도 그런 것 같습니다."

차준혁은 눈을 가늘게 떴다.

'말도 안 되는 소리하네. 계속 뻔뻔하게 나갈 셈이로군.'

너무도 당당한 그의 태도를 보니 속을 좀 더 긁어주고 싶었다. 그러나 심하게 나갔다가는 의심을 살 수도 있었기에 적당한 선에서 그쳐야 했다.

"알겠습니다. 질문은 여기까지만 하죠."

"이번에는 제가 묻고 싶은 것이 있군요."

자리에서 일어서려던 차준혁은 차분해진 김정구의 목소리에 행동을 멈췄다.

"말씀하시죠."

"검찰에서는 이번 사건을 어디까지 끌고 갈 생각인가요? 현재 수사본부의 수사로 이 나라가 얼마나 아슬아슬한지 자각은 하고 있는 겁니까?"

속담에서 입은 삐뚤어져도 말은 바로 하라고 했다.

진짜로 대한민국을 어지럽히는 이들이 그런 말을 하니 차준혁은 기가 막혔다. 물론 여러 사건을 뒤집어댄 검찰로 인해 대한민국이 혼란스러운 것도 사실이었다.

하지만 차준혁은 내색하지 않고 차분하게 대답했다.

"그 질문에는 제가 검사가 아니기에 섣부른 대답을 드릴 수 없겠네요. 다만 진실을 밝히고 싶은 것뿐이라고 생각합니다. 설마 현상 유지를 위해 잘못된 것을 고쳐서는 안 된다고 생각하시는 건 아니시겠죠?"

동시에 김정구의 눈꼬리가 파르르 떨렸다.

그만큼 정곡을 찔렀다는 의미와 같았다.

"같은 경연인의 입장이라면 잘 아시지 않나요? 진실은 성공한 사람들이 만들어 나가는 겁니다. 그게 거짓이라도 성공 여부에 따라 진실이 되는 것이지요."

이기적인 경영 철학이었다.

차준혁은 살짝 발끈하면서 대답을 이어갔다.

"저는 그렇게 생각하지 않습니다. 진실은 있는 그대로 드러나야 진실이니까요."

"저와는 경영 철학이 다르시군요."

김정구와 같은 사상을 가진 이들이 친일파가 된 것이나 마찬가지였다. 그렇기에 수많은 역사가 성공만 보고 달려온 이들에게 왜곡당한 것이다.

그의 대답으로 인해 차준혁은 이가 갈릴 뻔했다.

"대답이 되었다면 일어나도록 하죠."

차준혁은 이동형과 함께 천익의 본사를 나섰다.

서늘해진 분위기 탓인지 옆에서 따라오던 이동형이 조심스럽게 물었다.

"이거 괜찮은 거냐? 괜히 들쑤셔 놓은 것 같은데."

상대는 아무리 흔들린다고 해도 거대 기업의 대표였다.

경호 업체의 특성으로 검찰과 경찰과 더불어 정치 쪽과

도 인맥이 깊기 때문에 우습게 볼 수 없었다.

하지만 도발한 사람이 다름 아닌 모이라이라는 글로벌 기업의 총수였다. 현재의 차준혁은 대통령이라도 함부로 건드리지 못했다.

"문제될 건 없어. 어차피 천익에서는 아무것도 하지 못하니까."

"정말 괜찮을까?"

"걱정하지 말고, 경찰청으로 돌아가기나 하자."

차준혁은 이동형의 어깨를 두드리면서 차에 올라탔다.

한편, 김정구는 사무실 창문 아래로 두 사람의 차가 떠나는 상황을 지켜봤다.

"…대표님. 괜찮으십니까?"

밖에서 조마조마해하던 조민아가 조심스럽게 물었다.

그러나 대답 대신 김정구의 중얼거림이 들려왔다.

"괘씸한 녀석이더군."

"차준혁 대표 말씀이시군요."

"내 나이의 절반도 안 되는 녀석이 기고만장한 꼴이라니. 하지만 지금 이뤄 놓은 것을 보면 만만하게 볼 수는 없겠지."

김정구는 결코 차준혁을 과소평가하지 않았다.

그만큼 지금 해 놓은 실력을 충분히 인정했다.

"그 정도입니까?"

"녀석의 눈을 보지 못했나?"

그녀 역시 차준혁을 직접 본 것은 이번이 처음이었다.

조민아는 사무실을 나서던 차준혁과 눈이 마주쳤던 것을 떠올렸다.

평범하면서도 무언가 알 수 없는 느낌이 들던 눈이었다. 상당한 연륜과 경험이 넘치는 사람도 가지기 힘든 분위기였다.

꿀꺽!

"……."

때문에 조민아는 대답하지 못하고 침만 삼켰다.

"절대 만만하게 볼 인물이 아니지. 게다가 내 속을 들쑤시는 질문까지 해대니 말이야."

김정구는 차준혁이 백송을 거론했을 때 움찔했다.

그 별명은 사채업계에서 유명한 이름이라 조금만 조사해도 알 수가 있었다.

하지만 차준혁은 평범하게 접근한 것이 아니라 김정구의 입에서 확실한 부정을 끄집어냈다. 만약 차후 김정구의 흔적이 드러나면 더는 부정하지 못하고 물리도록 말이다.

"처리해야 할까요?"

조민아는 나도명처럼 천근초위의 충실한 심복이었다.

그렇기에 방해물이 될 것 같은 차준혁을 죽이는 것이 나을지도 모른다고 생각했다.

"그게 가능할 것이라고 보는가?"

"블루세이프티에 남은 요원들이 있습니다. 인원에 손실은 생기겠지만⋯ 대업만 이루고서 해결하면 충분할 것입니다."

잔인한 그녀의 의견에 김정구는 실소를 흘렸다.

"현재 우리의 힘으로는 흔적만 남길 수도 있네. 차라리 심기를 건드리지 않도록 몸을 웅크리는 것이 좋을 것이야."

고작 3명으로 시작된 투자회사가 이렇게까지 성장할지 어느 누가 예측이나 했을까.

힘에 손실이 생기기 전의 천근초위였다고 해도 현재의 모이라이를 찍어 누르기는 불가능했다.

그런 상황에서 잘못 건드렸다가는 천익과 더불어 다른 천근초위까지 역풍을 맞을지도 몰랐다.

"그래도⋯⋯."

조민아는 불안감 때문인지 반감을 보였다.

"불필요한 행동은 하지 말게! 우리에게 중요한 것은 대업뿐이야. 그것만 완성된다면 모이라이도 우리 발밑에 둘 수 있겠지."

차기 대권주자인 김태선만 대통령이 되면 모든 것이 해결되었다. 그것만이 천근초위가 살 길이었다.

며칠 후.

합동수사본부에 믿을 수 있는 인물들만 모였다.

검찰에서는 성대봉 검찰총장, 유태진 부장검사, 김정훈 사무관이 왔고, 경찰에서는 수사과장인 수사 1팀이었다.

물론 그중에 남송 회장의 막내아들인 남진호도 있었다.

정작 그는 천근초위의 존재에 대해 모르니 이 자리에 있어도 문제가 없었다.

앞쪽 자리에 앉아 있던 유태진이 사람들을 대표하여 차준혁에게 물었다.

"모이라 하신 이유가 무엇입니까?"

단상 옆에 서 있던 차준혁이 입을 열었다. 합동수사본부가 노리는 진짜 적을 알려주기 위해서였다.

"천익의 데이터베이스에서 중요한 증거 자료를 찾아냈기 때문입니다."

차준혁은 리모컨 스위치를 눌러 뒤편의 화면을 띄웠다. 거기에는 데이터베이스에서 찾아낸 자금 이동 경로들이 그려져 있었다.

"저건 천익과 월드세이프펀드, 미더스물산이 페이퍼컴퍼니를 이용한 자금 이동 기록이 아닙니까."

모두가 수사하면서 수차례 확인했던 기록이었다. 그렇기에 더욱 의문이 가득한 표정으로 차준혁을 쳐다보았다.

"맞습니다. 저는 이런 라인을 통해 새로운 가설을 세워 봤습니다."

"무슨 가설을 말입니까?"

박광록이 존댓말로 물었다.

사적인 자리라면 반말을 했겠지만 부장검사까지 있는 공적인 자리였기 때문이다.

"대동요양원에서 발견된 금괴에 대해서도 알고 계실 겁니다. 그 금액을 천익 혼자서 모을 수는 없다는 것을 여러분도 아실 겁니다."

차준혁의 말처럼 대동요양원에서 발견된 금괴와 현금은 정확히 45조 2,340억 3,200만 원이었다. 그런 엄청난 금액을 천익에서 단독으로 모아 오기란 불가능했다.

"천익을 포함한 3개의 기업이 합동해서 모은 것이지 않습니까."

이미 결과로 나온 것이기에 유태진이 아무렇지 않다는 표정으로 대답했다.

"그럼 이 자금이 전부일까요?"

"…더 있다는 말입니까?"

유태진의 반문에 차준혁은 다음 버튼을 눌렀다. 그러자 낯익은 기업의 이름으로 화살표가 집중되었다.

[LO그룹]

웅성웅성.

장내가 소란스러워졌다. 대부분 뭔지 모르는 눈치를 보이다가 유태진만이 입을 열었다.

"일본 기업이로군요."

"간단하게 설명하자면 일제 강점기 시기에 챙긴 자금으로 일본에서 세워진 기업입니다."

"그런 기업으로 3개의 기업이 자금을 보냈다는 말입니까?"

차준혁의 말처럼 LO그룹은 드러나지 않은 전범 기업이었다. 거기까지 알아내는 데 차준혁은 모이라이의 모든 정보력을 동원했다.

물론 기존에 입수했던 천익의 데이터베이스에도 그 흔적이 있었다. 그러나 현재 상황까지 끌어오기 위해서는 거기까지 관여된 것을 숨겨야 했기에 자체적으로 침묵을 지켜왔다.

"맞습니다. 그 금액은 이번에 밝혀진 비자금과 비슷한 규모입니다."

딸칵!

또다시 화면이 바뀌었다. 거기에는 데이터베이스의 구석구석 숨겨져 있던 계좌정보들이 목록으로 늘어져 있었다.

"설마… 저 자금들이 전부……!!"

금액이 사용된 명목은 일본 쪽 기업에서 제품, 자재, 하청 의뢰 등등의 목적으로 쓰였다. 물론 표면으로만 보면 일반적인 자금 사용 내역서에 불과했다.

하지만 차준혁은 그 내용에 숨겨진 비밀을 알아냈다.

"대외적으로는 자금이 사용된 내용입니다. 그런데 해당 기업들의 꼬리는 LO그룹이란 것을 알아냈습니다."

"허어……."

엄청난 일이었기에 모두가 깜짝 놀라면서 차준혁과 화면을 번갈아 쳐다봤다.

"최악의 전범 기업이 그들의 배후라고 보시면 됩니다. 다만 그에 상응한 비자금을 보유했던 것으로 봐선 상하관계라기보다는 동등한 입장인 듯싶습니다."

"잠깐! 그렇다면… 천익과 월드세이프 펀드, 미더스물산이 모두 친일 기업이란 말입니까? 그만한 기업들이 뭘 얻고자 그럽니까?"

불법적으로 자금을 횡령하여 전범 기업에게 상납한 것이나 마찬가지였다. 물론 그들 역시 LO그룹을 통해 얻게 된 것도 있을 것이다.

세상은 Give & Take이니 말이다.

"천익을 제외한 다른 2개의 기업은 창립 당시에 LO그룹을 통해 거액의 투자를 받았습니다. 그 자금을 기반으로 지금의 기업을 이루게 된 것이죠."

"그건 천익에서 150여 개의 기업을 관리하던 것과 같은 수법이군요."

LO그룹은 초기 자금 투자와 해당 기업의 채권과 주식을 보유하고 있었다. 그런 약점을 쥐고 있기에 흔들리지 않으려고 거액의 자금을 계속 대주었다.

유태진은 데이터베이스를 확인하고 그 사실을 알았기에 어렵지 않게 이해했다.

"맞습니다. 아마도 천익의 방법은 LO그룹의 방법에서 비롯된 것으로 보입니다."

질문이 오고 가는 사이에도 유태진을 제외한 다른 사람들은 아무런 말도 하지 못했다.

너무도 기가 막힌 진실이 드러났기 때문이다.

"정말 기가 막힌 일이로군요."

이번에도 유태진만이 중얼거렸다.

"저도 이걸 확인했을 때는 놀랐습니다. 그리고 이런 중요한 이유 때문에 여러분들을 모시고서 전부 말씀드리는 겁니다."

지금 모인 사람들은 합동수사본부의 핵심 전력이었다.

대외적으로 최종 목표인 김태선까지 무너뜨리는 데 있어서 꼭 필요하다고 말할 수 있었다.

이에 유태진은 탄식을 흘렸다.

"이거… 우리가 알던 규모보다 더욱 엄청나군요……."

"그러게 말입니다. 만약 우리 경찰에서 단독으로 이걸 수사했다면 금방 막혀버렸을 겁니다."

그사이 박광록은 수사과장이면서도 경찰을 대표하는 입

장이 되어버렸다.

그래서 더욱 솔직한 마음대로 대답한 것이다.

"차 대표님께서는 이 문제를 어쩌실 겁니까?"

대답을 기다리던 유태진은 초조한 마음에 조심스러운 표정으로 물었다.

"전범 기업과 관계된 친일 기업입니다. 철저하게 파헤쳐야죠. 게다가 국회에서도 친일파 불법 재산 환수에 대한 법안도 통과되지 않았습니까."

대동요양원의 비자금은 불법적인 기업 자산 운용이다보니 추징금만 집행하고, 절차가 끝난 후 해당기업으로 대부분 돌아갈 것이다.

그것은 차준혁이 바라는 결과가 아니었다. 천근초위는 철저하게 무너져 대한민국에서 반드시 사라져야만 했다.

"하긴… 그들이 정말 친일 기업이라면 우리가 하는 일은 무용지물일지도 모르겠군요."

검찰에서 아무리 손쓴다고 해도 추징금을 늘리지는 못했다. 결국 그들이 실형을 받고 나오면 변하는 것은 없었다.

"그래서 더더욱 빠른 입증을 위해 이런 자리를 마련한 것입니다."

"일단 지금의 자료라면 전범 기업에 자금을 넘겨준 증거가 될 겁니다. 하지만 친일 기업이란 것은 어떻게 해야 할지……."

친일 기업의 입증은 매우 어려운 일이었기 때문이다.

물론 차준혁도 잘 알고 있었다.

그렇기에 지금의 사람들이 필요한 것이다.

"그 부분은 제가 맡겠습니다. 유태진 부장검사님은 휘하에 믿을 만한 검사들을 움직여서 LO그룹으로 들어갈 때 쓰이는 페이퍼컴퍼니부터 해결해주세요. 그리고 관계된 용의자들을 모조리 뒤져주십시오."

"어렵지 않을 겁니다. 그런데 정말 가능하겠습니까?"

반면 유태진은 걱정되는지 조심스러웠다.

"해봐야죠."

그것으로 회의는 끝이 났다.

차준혁은 두 주먹을 불끈 쥐었다.

끼이이익!

강원도 태백시 강원 남부로 한가운데였다. 그 위로 세워진 승합차에서 검은 정장의 사내들이 내렸다.

사내들은 길 한쪽에 위치한 길을 막아둔 철조망으로 향했다. 한 사내가 절단기를 들고 다가가 철조망에 걸린 자물쇠를 잘라버렸다.

철컹!

철조망으로 된 문이 활짝 열리자 승합차들은 기다렸다는 듯이 줄지어서 올라갔다.

잠시 후에 도착한 곳은 천익에서 산 속에 몰래 지어둔 마을이었다.

"허어……!"

승합차에서 내린 사람은 바로 유태진이었다.

그는 황당하다는 표정으로 길 끝에 나타난 마을을 뚫어지게 쳐다봤다.

옆에 선 김정훈 사무관도 마찬가지였다.

"위성지도로는 숲만 있는 것으로 나오더니……."

그들이 이곳에 온 이유는 살인교사죄로 검거된 나도명의 부지와 건물의 상황들을 확인하기 위해서였다. 그런데 너무나도 기가 막힌 것부터 발견되니 황당할 수밖에 없었다.

"수색영장은 떨어졌다! 모두 최선을 다해 어떤 흔적이든 찾아내도록 해!"

"알겠습니다!"

동행한 검사들과 수사관, 현장감식반은 크게 대답하고 뿔뿔이 흩어졌다.

그와 동시에 천익으로 연락이 들어갔다.

"뭐?! 검찰이 어딜 들어가?"

연락해 온 사람은 나도명의 후임으로, 마을을 지키고 있던 헬하운드의 대장 윤태식이었다. 마을 곳곳에 설치된 CCTV를 통해 검찰이 들어온 상황을 발견하고 연락한 것이다.

―지금 마을로 들어와서 모조리 뒤지고 있습니다!

"크윽……"

나도명은 살인교사죄로 재판받는 중이었다. 그 와중에 검찰에서 그런 움직임을 보일 것이라고는 전혀 예측하지 못했다.

―어떻게 할까요? 일단 바깥 마을로 들어가는 지하 통로 입구만 봉쇄해둔 상태입니다.

"무너뜨려라!"

―…예?

예상치 못한 지시에 윤태식은 자신이 잘못 들었다는 것처럼 되물었다.

"통로가 발각되면 위험하다. 그러니 완전히 무너뜨려버려라!"

―정말입니까? 아, 아닙니다. 바로 시행하겠습니다.

통화가 끊기자 김정구는 책상 위에 있던 유리 재떨이를 바닥으로 집어던졌다.

쨍그랑!

거기서 그친 것이 아니었다.

손에 집히는 모든 것을 잡아 계속 던져버렸다.

시끄러운 소리가 나자 조민아가 급히 들어섰다.

"대표님! 무슨… 꺄악!"

문 쪽으로 던져진 화병이 깨지자 그녀는 깜짝 놀라면서 고개를 급히 숙였다.

"후우… 후우……."

"괘, 괜찮으십니까? 대체 무슨 일이……!"

김정구는 넥타이를 풀어헤치면서 소파에 주저앉았다.

"검찰에서 비밀 마을로 들이닥쳤다더군."

"그게 정말입니까? 하지만 합동수사본부에서는 아무런 소식도……."

예전부터 심어둔 검사나 수사관에게서는 그 어떤 연락도 받지 못했다. 지금과 같은 일이 벌어질 예정이었다면 그들이 진즉에 연락해 왔을 것이다.

"수사본부에서 우리가 심어둔 녀석들을 완벽하게 파악하고 있단 의미겠지!"

"그건 불가능합니다!"

조민아가 거액을 주고 합동수사본부의 검사와 수사관들을 어렵게 포섭해두었기에, 그들을 모조리 솎아낼 수는 없었다.

"우리가 모르는 방법이 있겠지. 그렇지 않고서야 아무런 보고도 안 들어올 수는 없지 않나."

"하지만……."

그녀도 머리로는 이해되었지만 납득하기가 어려웠다. 그만큼 공들인 정보력을 무용지물로 만들어버렸기 때문이다.

"일단 모든 통로부터 봉쇄시켜서 흔적을 없애야 해."

"그러셨군요. 저는 그럼 무엇을 할까요?"

"나도명의 자료 처분은 어떻게 되어 가지?"

"완료했습니다. 그밖에 회계장부들도 모두 처리해두었습니다. 검찰이 추가 수색영장을 들고 와도 걸릴 것은 없습니다."

천익은 대업을 위해 천근초위와 연결된 흔적들을 모두 소각하고 있었다. 물론 마을이 들킨 것은 문제였지만 이 상황만 무사히 넘길 수 있도록 조치할 필요가 있었다.

"잘했군. 그래도 혹시 모르니 잘 체크하도록."

"알겠습니다. 그리고 사무실은 바로 사람을 불러서 치우도록 하겠습니다."

조민아가 밖으로 나가자 김정구는 더욱 깊게 한숨을 흘렸다. 이제는 누가 봐도 검경합동수사본부의 목표가 천근초위였기 때문이다.

물론 그들이 천근초위의 존재를 알 리는 없었다. 그저 데이터베이스로 연결된 고리를 따라 잡아내려는 것이 분명했다.

"설마 그 녀석들이… 정부에 속한 건가?"

겉으로는 우연처럼 보였지만 타이밍이 너무도 절묘했다. 그로 인해 천근초위는 모조리 발목이 묶여 움직이기가 힘들었다.

"어떻게 이럴 수 있는 거지?"

국정원도 이런 식으로 움직이는 것은 불가능했다.

게다가 그런 국정원조차 천근초위에 속해 있었다.

당연히 아무런 움직임도 없이 그러한 조직이 존재한다는 것을 김정구로서는 믿을 수 없었다.

　[태백에서 발견된 비밀 마을. 그곳과 연관된 비밀스런 이야기 — 네이처펀치]
　[지구당교의 아이들은 조작된 사실이었다. 진실은 비밀 마을에서 키워진 친일파! — 블루뉴스]
　[삼척시 D요양원에서 발견된 45조의 금괴와 현금은 친일파 비자금! — 크로스조인트]
　[중앙언론 3사 비리가 밝혀지다. 본격적인 검찰수사 개시로 해당 언론사 대표와 임직원 전격 구속! — 카이저뉴스]

　각종 인터넷 신문사에서 보도한 뉴스가 화면을 도배했다. 그로 인해 국민들이 느낀 배신감도 어마어마했다.
　국민들은 그런 사건 보도로 인해 검경합동수사본부에 행하는 수사를 관심 있게 지켜봤다.
　"드디어 이목을 끌었네요."
　"하지만 친일파란 증거가 나온 건 아니잖아요."
　뉴스 화면을 보던 차준혁의 중얼거림에 신지연은 핵심을 찔렀다.

"추측성 기사죠. 하지만 이제부터 누구도 쉽게 관심을 돌리지 못할 거예요."

천익과 관계된 중앙언론사 대표들과 더불어 임직원들까지 뇌물수수로 잡혀 들어간 상태였다. 이런 상황이라면 천익도 언론사를 통제하기가 불가능할 것이다.

"일부러 추측성 기사를 보도시킨 거예요?"

"맞아요. 이번에도 정민수의 이름을 빌렸죠."

네이처펀치와 더불어 여러 인터넷 신문사들은 연합을 맺고 있었다. 그 상황에서 차준혁은 또다시 정민수를 연기하여 이태용에게 아이템을 던져주었다.

결과는 지금과 같았다. 검찰에서 나도명을 수사하면서 나온 수상한 정황과 함께 지구당교의 사람들이라 여겼던 인물들의 DNA증거도 같이 발견되었다.

유태진이 신뢰하는 동료들과 같이 찾아낸 증거였다.

확정된 증거는 진실된 뉴스를 낳았다. 덕분에 국민들은 친일파에 관한 뉴스도 확실한 증거 없이 신뢰했다.

"그럼… 증거만 입증시키고, 김태선만 무너뜨리면 되겠네요."

"대부분의 준비는 이미 마쳤어요. 이제 적당한 타이밍만 오면 되는 거죠."

"타이밍이요?"

"맞아요."

천근초위의 친일파 증거도 정민수의 이름으로 네이처펀

치에 넘겨 놓았다. 지금까지 차준혁이 전면으로 천근초위를 상대하면서 IIS가 모아 온 증거 자료들이었다.

물론 정보를 모으기까지는 쉽지 않았다. 나름대로 겨레 회원들과 미숙련된 IIS요원들을 투입시켜 계속 모아 온 결과였다.

이제는 그것을 터트리는 일만 남았지만 김태선을 확실히 무너뜨릴 확실한 타이밍이 필요했다.

"지금도 적당하지 않아요? 친일파라고 국민들이 믿고 있으니 어떤 때보다 적절하잖아요."

"조금만 더 기다리면 돼요."

차준혁은 그렇게 말하면서 미소를 지었다.

한편, 김태선은 서울 외곽에 위치한 조용한 식당을 찾았다. 그 앞에는 평소에 보기 드문 고급 승용차들이 줄줄이 세워져 있었다.

저벅. 저벅.

텅 비어 있는 듯 보이는 가게로 김태선이 들어섰다.

안으로 깊숙이 들어가자 3명의 중년 사내들이 둥근 테이블에 둘러 앉아 있었다.

"오셨습니까. 김태선 의원."

먼저 입을 연 사람은 해명그룹의 박해명 회장이었다.

그가 자리에서 일어나 김태선을 맞이해줬다.

"다들 일찍 오셨군요."

박해명의 양쪽에 앉아 있는 남송과 김추성이 가만히 있었다.

　"누구보다 정직한 차기 대권주자께서 어찌 우리에게 만나 달라는 부탁까지 하신 겁니까?"

　남송은 심기가 불편한지 미소를 띤 그의 얼굴을 바라보며 한껏 비꼬았다. 그러자 김추성도 마음에 들지 않는다는 표정으로 김태선을 이리저리 훑어봤다.

　"중요하게 드릴 말씀이 있습니다. 일단 앉도록 하죠."

　하지만 김태선은 여전히 미소를 지우지 않은 채로 말했다.

　"무슨 중요한 일이란 말입니까?"

　"자… 모두에게 엄청난 제안일 것입니다. 그러니 너무 재촉하지 마시죠."

　분위기가 험악해지자 박해명이 나서서 남송과 김추성을 진정시켰다.

　분위기가 가라앉자 김태선은 천천히 입을 뗐다.

　"다들 아시다시피 저에 대한 국민들의 신뢰가 높습니다. 이번에 있을 대선에서 당선될 것도 확실하죠."

　경쟁 구도로 등장한 정진한은 아직 김태선 만큼의 영향력을 가지지 못했다.

　"누구나 아는 사실이 아닙니까. 설마 그걸 자랑하려고 우리를 불러 모으신 건 아닐 테지요?"

　남송의 반문에 김태선은 더욱 짙어진 표정으로 대답을

이어갔다.

"현재 여기 계신 분들은 모이라이의 무자비한 경영 방침으로 핍박받고 계십니다. 그렇지 않나요?"

"모이라이라……."

세 사람의 미간이 구겨졌다.

솔직히 모이라이의 투명한 경영 철학과 광범위한 성장으로 인해 그들이 피해받고 있었다.

틀린 방식은 아니었지만 그로 인해 이기적인 경영 방식으로 운영하던 그들의 경영권이 흔들리고 있었다.

"게다가 정부에서도 그런 모이라이만 도와주고 있지 않습니까. 이대로 가다가는 대한민국의 경제가 한 기업에게 몰릴 추세입니다. 혹시 그렇지 않다고 생각하시면 말씀하시죠."

그 물음을 받은 남송과 김추성의 표정이 더욱 일그러졌다. 결국 부정할 수 없는 사실이었다.

그래서 아무런 말도 하지 못하고 김태선을 쳐다봤다.

"자! 제가 한 가지 제안을 드리죠. 제가 대통령이 된다면 여러분들을 위해 힘쓰도록 하겠습니다."

그 말과 함께 조금은 선했던 김태선의 표정은 사악함으로 물들었다.

허무한 짓거리를 끝내야 할 시기

어느새 해가 지나고 2009년이 되었다.

"결국 김태선이 스스로 무덤으로 들어가네요."

차준혁은 IIS서울지부에 와 있었다.

그곳에서 주상원과 만나 요원들이 수집한 김태선의 동향을 확인하며 중얼거렸다.

"김태선이 골드라인과 접촉할 줄 알고 계셨습니까?"

"천근초위로부터 받았던 자금에 구멍이 났으니 방법은 하나뿐이죠. 불가피하게 세력을 확장하여 정치권을 휘어잡으려 할 겁니다."

정치인의 적은 정치인이었다. 아무리 같은 여당이라 하

더라도 권력에 대한 탐욕은 끊이지를 않으니, 시기와 질투가 생겨날 수밖에 없었다.

　그런 상황에서 김태선은 정부를 같이 움직여줄 사람들을 포섭하려던 것이다.

　"여전히 몇 수 앞을 내다보시는군요."

　주상원은 감탄사를 흘리면서 차준혁과 함께 서류들을 들춰보았다.

　"IIS에서는 골드라인에서 자금을 움직이는 상황만 잘 체크해주세요. 기다리는 타이밍에 모든 것을 터뜨릴 겁니다."

　"이제 곧 대선 출마와 더불어 선거가 시작될 텐데… 언제 시작하시려는 겁니까?"

　차준혁은 여전히 그 기일에 대해 말해주지 않았다.

　그 탓에 주상원도 여간 답답한 것이 아닌지 만날 때마다 물어보았다.

　"조금만 더 기다려주시면 압니다."

　"어허……."

　똑똑.

　그때 문 두드리는 소리가 났다.

　이내 정보분석팀장인 한재영이 안으로 들어섰다.

　"확인되었는가?"

　부탁한 것이 있었는지 그의 물음에 한재영은 서류를 내밀었다.

"골드라인이 움직였습니다. 일단은 해명그룹과 천환그룹입니다."

그가 내민 서류에는 IIS요원들이 각 그룹의 중요 인물들을 미행하면서 찍은 사진들이 첨부되어 있었다.

"김추성 회장과 박해명 회장의 비서들이 움직였군요. 이런 은밀한 곳에서 박스라니… 어떻게 이리 고리타분한지……."

주상원은 그 사진들을 확인한 뒤 차준혁에게 넘겨주었다. 그와 마찬가지로 한숨이 흘러나왔다.

"흠… 어떤 방식이든 직접 전달하는 것만큼 안전한 방법은 없죠."

천익은 페이퍼컴퍼니로 자금을 운용하다가 덜미까지 잡혔다. 그런 상황에서 더 이상 증거를 남겨서는 안 되니 단순한 방법으로 돌아선 것이다.

"하긴… 그것도 그렇겠군요."

"이제는 중앙언론사까지 정상적으로 돌아가고 있으니 방송을 내보내는 데 문제도 없을 겁니다."

뉴스에 나왔던 중앙언론 3사에 대한 감찰은 겨레회에서 움직인 것이다. 진즉에 칠 수도 있었지만 연결된 인물들을 모조리 잡아내기 위해 공을 들였다.

그 결과 차준혁이 말한 것처럼 깨끗한 언론사로 만들 수 있었다.

물론 일시적일 것이다. 어떤 조직이든 내실이 부실하면

권력에 사로잡힐 수밖에 없기 때문이다.

"헌데 조금은 걱정입니다. 정진한 의원의 힘이 너무나 부족하지 않습니까?"

천근초위에서 김태선을 준비해 온 기간에 비하면 정진한 은 비교도 되지 못했다.

당연히 어떤 면에서든 그에게 밀릴 수밖에 없었다.

"그 문제는 걱정하지 않으셔도 됩니다. 멀리서 지원군이 오기로 했으니까요."

"지원군이요?"

이해하지 못한 주상원은 고개를 갸웃거렸다.

[콩고민주공화국 둘카누 왕자 내한(來韓)!]

[세인트메디슨컴퍼니 & MR제약 전력 MOU제휴! 노먼 회장의 내한으로 JW호텔에서 친목다짐!]

전세기 한 대가 인천국제공항 활주로에 내려앉았다. 바 깥쪽으로 파킹되자 검은 승용차들이 다가와 전세기 주변 으로 섰다.

대한민국 정부에서 나온 사람들이었다. 그들은 곧장 전 세기 앞으로 도열해서는 사람이 나오기만을 기다렸다.

잠시 후 전세기 문이 열리고 둘카누 왕자와 파르만 시종

장, 무라한 경비대장이 내렸다.

"내한을 환영합니다. 전 외교부를 책임진 오준상이라고 합니다."

옆에 서 있던 통역관이 스와힐리어로 대신 말해주었다.

"반갑습니다. 피랍 돈체 둘카누라고 합니다."

언제나 털털하던 둘카누는 의젓해 보였다. 그의 시선은 오준상의 뒤에 선 사람들에게 향해 있었다.

"필요하신 것이라도 있으십니까?"

둘카누 왕자는 콩고민주공화국을 대표해서 온 것이다.

대한민국은 여러 기업들과 더불어 국가사업까지 도와주는 콩고민주공화국을 최대한 신경 썼다. 그래서 외교부 고위 공무원 중 최상위에 있는 오준상이 직접 마중을 나왔다.

"아닙니다. 그게 아니라……."

그의 시선이 계속 왔다갔다 움직이던 와중에 멀리서 차량 한 대가 다가와 섰다.

끼이이익!

그 차량의 등장으로 경호원들은 잔뜩 긴장하며 바리게이트를 쳤다. 하지만 안에서 내린 사람을 확인하고서는 바로 경호 벽을 풀 수밖에 없었다.

바로 모이라이의 대표인 차준혁이었기 때문이다.

"휴우… 회의를 마치고 오느라 좀 늦었네."

"그러게 적당히 하시라고 했잖아요."

뒷좌석에서 같이 내린 신지연이 투덜거렸다.

활짝 웃음을 지은 둘카누 왕자가 급하게 다가와 차준혁을 끌어안았다.

"친우여!"

"커억!"

너무나 격한 반응이었기에 주변에 서 있던 사람들이 크게 술렁였다. 그럼에도 둘카누 왕자는 포옹을 풀지 않고 차준혁의 등을 퍽퍽 두드려댔다.

"그동안 잘 지냈나?!"

"이것 좀……!"

차준혁은 그런 둘카누 왕자의 포옹을 풀면서 유창한 스와힐리어로 대답을 이어갔다.

"사람들이 보니까 적당히 좀 해."

"친우가 부끄러운가?"

"그게 아니라…….""

둘카누 왕자와 차준혁의 친분이 두텁다는 것은 콩고민주공화국에서의 활약으로 유명했다. 그런데 뉴스가 아닌 직접 목격한 외교부 사람들에게는 그보다 더 크게 와 닿을 수밖에 없었다.

"저 정도로 친한 사이였어?"

"거의 둘카누 왕자와 의형제 사이 같은데?"

"혹시… 이상한 관계는 아니지?"

다짜고짜 둘카누 왕자가 먼저 포옹해댔으니 당연한 반응

이었다.

반면 차준혁은 그런 둘카누의 행동이 부담스러웠다.

"휴우… 오는데 힘들지는 않았나?"

"편하게 왔지. 그보다 저번처럼 여기 있는 사람들이랑 다녀야 하는 거냐?"

둘카누가 조용하게 되물었다.

"이번에는 마중만 나와준 거야."

"그럼?"

"여기서부터는 우리가 담당할 테니 걱정하지 마라."

그 말을 끝으로 차준혁이 오준상 외교부 장관에게 다가갔다. 일단 악수를 나누고, 할 말을 꺼냈다.

"어렵게 와주셨는데… 실례해야겠습니다."

"아닙니다. 저희야 국빈을 맞이하기 위한 형식일 뿐이죠. 그러니 저희는 괜찮습니다. 헌데 스와힐리어를 그렇게 유창하게 하실 줄은 몰랐습니다."

"어쩌다가 배워둔 것뿐입니다. 하하하."

양해를 구한 차준혁은 뒤로 돌았다.

그사이 대기 중이던 고급 차량이 차준혁의 차 옆으로 섰다.

"네가 이용할 차량이랑 경호원들이다."

"그럼 이번 일정은 내 마음대로 정해도 되는 건가? 아무데나? 명동? 동대문? 남대문?"

지난번 내한 당시, 둘카누는 정부에서 마련한 스케줄을

소화하느라 귀찮은 일이 많았다. 그렇다 보니 이번만큼은 자유롭게 돌아다니고 싶어 했다. 게다가 이번에는 가고 싶은 장소까지 미리 물색해둔 것 같았다.

"내가 준비한 스케줄 몇 개만 소화해줘. 그러면 뭘 하든 네 마음이야."

"힘든 일이야?"

"사람만 좀 만나주면 돼."

차준혁과 둘카누는 대화를 나누면서 신지연과 함께 차로 올라탔다. 물론 파르만과 무라한도 같이 탑승하여 이동했다.

"자금은 잘 뿌려지고 있겠지?"

김정구는 김태선이 직접 움직여 포섭한 세 그룹에 대해서 전해 들었다. 물론 그들에게 대선을 위한 자금을 받았다는 사실 또한 알고 있었다.

"현재까지는 문제없이 넘어오고 있습니다."

"남은 곳은 어디지?"

한민국당은 조폭들한테 한 번 당했던 전적이 있었기에 직접 나서지 못했다. 때문에 천익에서는 드러나지 않은 블루세이프티 요원들을 이용해 지역구 의원들과 접촉해 왔다.

다행히 현재까지는 아무런 문제도 없었다.

"부산과 대구, 포항, 목포, 인천이 부분적으로 남았습니다."

남은 지역은 나름대로 중심 도시들이었다.

워낙 거대한 지역구인 탓인지 한민국당에서도 세게 밀어붙이기가 어려웠다.

"흠… 접촉도 어려운가?"

"일단 약점이 될 만한 것이 있는지 확인 중입니다. 조만간 찾을 수 있을 듯싶습니다."

완벽하게 깨끗한 정치인은 찾을 수 없었다. 정치인으로 변해 가는 과정에서 어떤 식으로든 작은 먼지들이 들러붙었다.

조민아는 그런 틈을 파고들 생각이었다.

"좋군. 그리고 정진한의 움직임은 어떤가?"

"유세 활동은 시작했습니다만… 딱히 큰 행동은 보이지 않습니다."

"역시 그냥 쭉정이일 뿐이었나?"

"어떻게 할까요?"

정진한 말고도 여러 후보들이 있었다. 그러나 국민들의 신뢰가 가장 많이 몰린 것은 김태선이 유력했다.

물론 인천이나 몇몇 지역에서는 정진한을 원했다.

신경 쓰이는 부분이었지만 현재 김태선의 영향력을 생각하면 그럴 필요가 없었다.

"일단은 놔두도록 하지."

"괜찮을까요? 일단 혹시 모르니 조사는 해봐야 하지 않을까 싶습니다."

"신경 쓰인다면 그러도록 하지."

이제 대업이 바로 코앞이었다.

김태선의 행보는 어떤 후보들보다 앞서고 있었지만 지금까지 당해 왔던 것을 생각하면 걱정부터 되었다.

"알겠습니다. 그리고 대표님."

"왜 그러는가?"

"LO그룹 측과는 일이 해결될 때까지 연결을 끊어두실 겁니까?"

"일단 상황이 좋지 못하니 그래야지."

천근초위와 연결된 LO그룹은 서로 상생하는 관계였다.

그런데 일들이 꼬이면서 약점을 내비칠 수 없었다.

김정구는 잠시 연결을 끊기로 하고, 대업이 이뤄지기를 기다렸다.

"그럼 나가보도록……."

똑똑!

대답을 마치려던 조민아가 밖으로 나가려고 했다.

그런데 그때 노크와 함께 다른 비서가 안으로 들어와 소리쳤다.

"큰일입니다!!"

"무슨 일이야?"

비서인 김우선은 급히 뛰어왔는지 잠시간 숨을 고르더니 대답을 이어 나갔다.

"지금 당장 뉴스를 보셔야 할 것 같습니다!"

"뉴스? 그게 무슨 말이야?"

대화를 듣고 있던 김정구는 곧바로 TV를 틀어보았다.

TV 화면이 켜지면서 채널을 돌리자 김우선이 말한 뉴스가 흘러나왔다.

[대한민국을 방문한 둘카누 왕자가 고아원을 방문하여 아이들에게 선물을 나눠주었습니다. 그런데 이러한 과정에서 우연히 이번 대선에 출마한 정진한 후보를 만나 큰 화제를 끌었습니다.]

콩고민주공화국은 앞으로도 대한민국에 큰 도움을 줄 나라였다. 그 나라의 중심인 둘카누 왕자와 정진한 후보가 한 화면에 잡히니 큰 효과를 볼 수밖에 없었다.

물론 선거권이 없는 아이들에게 유세한다고 해서 표가 늘어나는 것은 아니었다.

그러나 방송을 통해 정진한에 대한 신뢰는 증폭될 것이다.

"이게… 대체 뭐야!!"

방금 전까지는 정진한을 크게 신경 쓰지 않았다.

그런데 갑작스런 그의 행보가 눈에 띄자 김정구는 분노

하며 소리쳤다.

"바로 확인해보겠습니다!"

정진한 의원의 선행은 둘카누 왕자와 우연히 만난 사건으로 시작해서 점점 커져 갔다.

친분을 맺게 된 과정이기도 하니, 미래지향적으로 보았을 때 국민들의 마음도 움직일 수밖에 없었다.

[기호 1번 김태선 : 57%]
[기호 2번 정진한 : 34%]

그 외에 다른 후보들은 저조한 지지율을 보였다.

12%밖에 되지 않았던 정진한의 지지율은 그렇게 두 배가량 뛰고서도 계속 조금씩 올라갔다. 물론 그만큼 김태선이나 다른 후보들의 지지율은 떨어질 수밖에 없었다.

"방송의 여파가 정말 상당했네요."

신지연은 인터넷에 뜬 지지율을 확인하면서 신기하다는 듯이 말했다.

"사람들은 경제사회의 안정성에 민감해요. 특히 지금과 같은 시기에는 더 하겠죠."

현재 대한민국은 검경합동수사본부의 조사로 인해 수많

은 기업들이 들쑤셔지고 있었다. 기업의 비리들이 까발려지면서 위험성이 커지자 국민들의 불안감 역시 커질 수밖에 없었다.

그런 상황에서 정진한 후보가 대한민국과 밀접해진 콩고민주공화국의 둘카누 왕자와 친분을 맺었으니 효과가 나타난 것이다.

"이게 바로 준혁 씨가 생각했던 방법이란 거죠?"

"맞아요. 우연을 가장한 후보 홍보이니 문제될 것도 없으니까요."

"그런데 왕자님이 용케 승낙했네요? 귀찮은 일은 딱 질색이라고 했잖아요."

신지연의 말처럼 둘카누 왕자는 이번에 순수한 관광을 목적으로 방문했다. 그래서 방문하기 전, 연락해 왔을 때도 정부에서 마련한 일정은 반대한다고 전해 왔다.

"의외로 아이들을 좋아해요. 콩고민주공화국에서도 봤잖아요."

둘카누 왕자는 내란이 끝난 나라를 발전시키면서 차준혁처럼 아이들을 위한 재단에도 투자해 왔다.

"그랬죠. 거기 있을 때는 철부지 같던 모습만 봐서 그런지 상상이 안 됐어요."

"성격이 지후랑 좀 닮긴 했죠?"

"풋! 맞아요. 지후 씨랑 똑같아요."

워낙 활기찬 둘카누는 차준혁의 말처럼 이지후와 성격이

비슷했다. 그것을 떠올린 신지연은 자신도 모르게 웃음을 내뱉었다.

"내가 뭐?"

그때 갑자기 이지후가 차준혁의 사무실 문을 열고 들어섰다.

"응? 너 언제부터 거기에 있었어?"

"방금 전에 왔다. 근데 지연 씨는 뭐가 나랑 같다는 건가요?"

이지후는 마지막 말만 들었는지 궁금하다는 표정으로 다가섰다.

"뭔데요? 뭐가 나랑 같다는 거예요?"

"아무것도 아니에요!"

그가 징그럽게 다가서자 신지연은 질색하면서 차준혁의 뒤로 숨었다.

"너는 무슨 일로 올라온 거야? 요즘 결혼 준비한다고 바쁘지 않았어?"

"정신이 좀 없기는 했지."

현재 이지후도 결혼을 준비하고 있었다. 물론 상대는 국내 최고의 배우이자 가수로 꼽히는 지유희였다.

다만 결혼 준비는 아직까지 대외적으로 비밀이었다.

열애설은 인정한 상태였지만 지유희의 결혼이 큰 여파를 가져올 것이 분명했기 때문이다.

"아, 그보다 저번에 추적해 달라 했던 자료가 나와서 왔

다."

"벌써 나왔어?"

차준혁은 이지후가 내민 서류를 받아 들었다. 일본의 LO그룹에서 운영 중인 페이퍼컴퍼니 자료들이었다.

"규모가 상당해."

"그런 것치고는 너무 빨랐는데?"

"기본 서버 시스템이 천익의 것과 똑같았어. 게다가 페이퍼컴퍼니를 운영 중인 시스템이 연결되어 있더라. 그래서 어렵지 않았지."

서버만 연결되어 있다면 이지후를 막을 보안 프로그램은 이 세상에 존재하지 않았다.

어떤 벽이든 천재적인 실력으로 뚫어버리니 말이다.

"흠… 여긴 이대로만 간다면 문제가 없겠는데."

"대충 훑어보니 일본 내에서도 해쳐먹은 자금이 어마어마하던데? 천근초위에서 바친 자금의 몇 배는 될 것 같아."

"오랜 세월 동안 해먹었으니 그렇겠지."

LO그룹은 최악의 전범 기업이었다.

그만큼 이기적인 사업 수완으로 이뤄 놓은 것이 많은 테니 만만치 않을 것이 분명했다.

"같이 터뜨릴 건가요?"

옆에서 서류를 보던 신지연은 앞으로 차준혁이 어떻게 할지가 궁금했다.

"우리의 최종 목표는 천근초위예요. 여기는 우리가 아니라 자국에서 처리하도록 해야죠."

"일본에서요? 그게 가능해요?"

"거기뿐만이 아니죠. 이걸 보면 관련된 것이 우리나라만 있는 것도 아니니까요."

서류에는 LO그룹에서 운영한 페이퍼컴퍼니가 자금을 어디서부터 어디까지 돌렸는지도 나와 있었다.

그것을 계속 추적해보면 경유지에서 어떤 사업으로 자금을 벌어들였는지까지 알 수 있을 것이다.

"언제나 느끼는 거지만… 준혁 씨의 능력은 대단한 것 같아요. 어떻게 그런 방식으로 생각할 수 있어요?"

"발상의 전환이죠. 아무튼 지후야. 너는 이 자료를 IIS로 넘겨줘. 국외로 사람을 내보내서 조사할 수 있도록 해주면 돼."

"알았다. 그럼 두 사람은 즐거운 시간 보내라고! 으흐흐흐흐흐!"

이지후는 있지도 않았던 엉큼한 상상을 하면서 밖으로 나갔다.

"지후 씨!"

"야!!"

두 사람은 얼굴을 붉힌 채 이지후가 나간 문에 대고 소리를 질렀다.

며칠 후.

차준혁은 MR제약 입구 앞에서 누군가를 기다렸다.

수많은 기자들도 진을 친 상태였다.

잠시 후, 승용차들이 들어서더니 여러 외국인들이 차에서 내렸다. 그중에는 세인트메디슨컴퍼니의 노먼 회장이 있었다.

기자들은 열심히 사진을 찍어댔다. 뉴스에서 보도되었던 세인트컴퍼니의 방문이 바로 오늘이었기 때문이다.

"반갑습니다! 미스터 차!"

노먼 회장은 차에서 내리자마자 미소를 지으며 차준혁과 악수를 나눴다.

"어려운 걸음을 해주셨습니다. 노먼 회장님."

"아닙니다. 중요한 신약 결과가 나왔으니 당연히 방문해야 하지 않겠습니까."

원래 세인트메디슨에서 준비했던 인플루엔자 약품에 대한 특허가 완벽하게 통과한 참이었다. 그것 또한 천익에서 준비하던 계획 중 하나였지만 지금은 MR제약을 통해서 완료되었다.

"감사합니다. 그보다 한 사람이 더 오기로 했으니 조금만 기다려주시죠."

"누가 더 오기로 했습니까?"

이번에는 하얀색 승용차가 들어섰다.

안에서 내린 사람은 대선후보인 정진한이었다.

잠시 카메라를 확인하던 기자들은 예상치 못한 인물의 등장으로 깜짝 놀라고 있었다. 이내 점검하던 카메라를 급하게 들어 올려 그의 사진을 찍기 시작했다.

찰칵! 찰칵! 찰칵!

플래시가 연신 터져대며 불빛을 내뿜었다.

"초대해주셔서 감사합니다. 차준혁 대표님."

"지난번에 만났을 때 아이들을 위한 제약 사항에도 관심이 많다고 하시지 않았습니까. 그래서 오늘 대외적으로 공개되는 것이라 초대한 것입니다."

신약은 완벽하게 상용화 결정이 나기 전까지 바깥으로 공개되지 못했다. 그러던 중에 FDA승인이 확정되면서 정진한도 함께 초대한 것이다.

"정말 감사합니다."

"서로들 인사하시죠. 이번에 대선에 출마한 정진한 후보입니다."

"이름은 익히 들었습니다. 반갑습니다. 노먼이라고 합니다."

"정진한라고 합니다. 세인트메디슨의 회장님을 뵙게 되어 영광입니다."

나름 정진한도 영어로 자신을 소개하면서 인사를 마쳤다. 그 두 사람의 만남도 대서특필될 것이 분명했다.

 216

물론 이번 일 역시 차준혁의 계획이었다.

그들은 그렇게 인사를 나눈 뒤 바로 MR제약으로 들어갔다. 데스크 앞에는 MR제약의 김송우 사장과 더불어 연구원들이 나와 있었다.

"바, 방문해주셔서 여, 영광입니다! 노먼 회장님!"

김송우 사장은 어렵게 영어를 사용하여 말했다.

그러자 노먼 회장은 재미있다는 듯이 그의 손을 잡고 악수해주었다.

"반갑습니다. MR제약을 이 정도로 키우시다니… 정말 대단하시군요."

"저보다는……."

턱!

그와 동시에 차준혁이 김송주의 팔을 잡아채며 대신 말을 이어갔다.

"정말 대단하신 분이죠. 신약 개발도 중요하지만 직원들의 복지에도 굉장히 신경 써주시는 분입니다."

겸손해지려던 김송우 사장의 행동을 막은 것이다.

중요한 자리인 만큼 자신감이 필요했기 때문이다.

"그러셨군요. 헌데… 이번 신약 개발에 크게 공헌했다던 사람은 어디 있나요?"

"조제윤 연구실장 말씀이시군요."

"맞습니다!"

신약 개발은 길게 잡으면 10~15년 정도 걸렸다.

물론 그 정도까지 심한 경우는 많지 않았지만 짧아도 5~10년은 생각해야 했다.

하지만 조제윤은 천재적인 재능을 발휘해 그것을 1~2년으로 끝내버렸다.

당연히 세인트메디슨컴퍼니의 입장에서 탐나는 인재였지만 충분히 공헌하고 있기에 협력하는 관계로 이해했다.

"지금도 연구실에 있을 겁니다. 같이 가보시죠. 정 후보께서도 같이 가시죠."

사람들은 그렇게 MR제약을 돌아보기 시작했다.

[MR제약 & 세인트메디슨컴퍼니 합작 신약! 미국 내에서 유행 중인 C형 인플루엔자 확산 봉쇄!]

[MR제약의 새로운 신약 종합 백신 발표!]

[이번에는 세인트컴퍼니 노먼 회장! 정진한 후보의 행보는 어디까지인가!]

모이라이 계열사에 관한 기사는 매일매일 새롭게 터졌다. 그와 동시에 우연처럼 같이 움직인 정진한의 이름 또한 매번 인터넷 사이트를 도배했다.

동시에 정진한의 지지율도 상승할 수밖에 없었다.

당연히 천익과 한민국당의 입장에서는 위기를 느꼈다.

"이를 어찌하면 좋습니까?"

점점 커져 가는 사태 때문에 김정구는 어쩔 수 없이 한민 국장 변종권을 찾아가 물었다.

나름대로 심각한 일이었기에 조용히 넘길 수가 없었기 때문이다.

"저도 방법을 찾는 중입니다. 하지만 선거법에 어긋나는 것도 아니니……."

정진한은 고아원이나 모이라이 계열사를 방문하면서 선거 유세를 한 것도 아니었다. 그저 아무런 대가도 받지 않고 봉사했을 뿐이었다.

그로 인해 정진한의 지지율은 조금씩 올라가고 있었다.

아직까지는 김태선이 압도적으로 앞서고 있지만 불안감을 지우기는 힘들었다.

"지금 상황은… 누가 봐도 모이라이가 정진한을 지지하는 것입니다."

"하필이면 정진한이라니……."

변종권이 탄식을 흘리자 김정구도 관자놀이를 주무르며 말을 이어 나갔다.

"어떻게든 대책을 마련해야 합니다. 혹시 정진한에게 약점 같은 것은 없습니까?"

"저도 조 비서에게 지시를 내려뒀습니다. 허나 무소속으로 출마했던 것을 비롯해 불법적인 정황이 전혀 없습니다."

"어찌 그런……."

차준혁이 정진한을 고른 이유였다.

젊은 시절부터 아이들을 좋아하여 꾸준히 봉사활동해 왔고, 다른 정치인들과 달리 욕심이 없었다.

물론 그런 소박한 성향 탓에 원래 인생에서는 인천시의원에서 정치 인생을 끝맺었다.

"모이라이가 정진한을 점찍은 이유가 바로 그 때문일지도 모르지요. 변 의원께서는 그렇게 생각 안 하십니까?"

김정구의 추측에 변종권이 고개를 끄덕였다.

모이라이는 어떤 기업보다 투명하게 경영되었다.

그런 경영은 여타 기업과 전혀 다른 방식인 만큼 정진환의 이념과 잘 맞아떨어졌다.

"그런 듯싶습니다. 우리에게는 정말 골치 아픈 상황인 것이죠."

모이라이가 정진한에게 직접적으로 지원해주는 것은 없었다. 그저 국민들이 혹할 만한 상황에 대동하여 기자들의 이목을 끌었다.

당연히 그 영향은 국민들에게 그대로 끼쳤다.

"김태선 의원은 어쩌고 있습니까?"

"열심히 유세 활동하는 중입니다. 지금으로써는 그 방법뿐이니까요. 그리고 중요 지역구들을 작업하는 중이니까 조만간 결과가 나올 겁니다."

"그건 잘된 일이로군요."

. 지역의원들이 표밭만 잘 이끌어준다면 문제없이 대업을
이룰 수 있었다. 다만 정진한이 급속도로 치고 올라오니
걱정될 뿐이었다.

"헌데 친아들을 타인처럼 부르는 건 어색하지 않으십니
까?"

김정구의 얼굴이 딱딱하게 굳어졌다.

아들을 대통령으로 만들겠다고 마음먹었던 순간부터 딱
히 생각하지 않았던 부분이었기 때문이다.

"그 이야기를 굳이 해야 할까요?"

"죄송합니다. 제가 실언을 했습니다. 그저 대업을 이룬
후 당신께서 어떻게 움직일까 해서 말입니다."

"저를 의심한단 말씀이시군요."

김태선이 김정구의 아들이라는 것을 아는 사람은 문진원
과 변종권, 임설, 홍주원뿐이었다. 다른 천근초위들은 이
사실을 전혀 몰랐기에 발목이 붙잡힌 상태에서 대업의 성
공만 기다리고 있었다.

"의심이라니요. 전혀 그렇지 않습니다. 다만 조금 걱정
이 되어서 말입니다."

김태선은 누가 뭐라 해도 김정구와 임설의 친아들이었
다. 그런 그를 대통령으로 만들기 위해 위장 입양시켰고,
지금의 상황까지 이끌어 왔다.

만약 김정구가 대업을 이룬 뒤 천근초위에게 등을 진다
면 그 어떤 일보다 커다란 배신이었다.

"절대 그럴 일은 없습니다."

김정구는 어떤 때보다 진지해 보였다.

그러자 변종권은 알았다는 듯이 고개를 끄덕였다.

"괜한 오래를 불렀다면 죄송합니다."

"다시는 이런 식의 발언은 하지 않으셨으면 좋겠군요. 부탁드리죠."

불쾌해진 김정구는 곧장 그의 사무실을 나섰다.

그 뒤로 혼자 남게 된 변종권은 가만히 생각에 잠겼다가 중얼거렸다.

"…곧 있으면 대선 토론이군."

변종권의 시선이 벽에 걸린 달력으로 향했다.

방금 전에 그가 말한 대로 대선 후보자들이 모여 토론하는 방송이 얼마 남지 않았다.

"거기서 확실시해야 해."

현재 김태선과 정진한은 선행의 캐릭터로 이미지가 겹쳤다. 나름대로 지지율에서 앞서고 있었지만 서로 표 나누기 싸움만 하여 다른 후보자에게 이득을 줄 수도 있었다.

한민국당의 입장에서는 그것조차 걸림돌이었다.

네이처펀치에서 일하던 이태용은 짜증스런 얼굴로 핸드폰을 쳐다봤다.

똑같은 이름의 부재중 전화가 수십 통 걸려와 있었다.

우우우웅! 우우우웅!

이번에도 아까와 같은 이름으로 전화가 왔다.

"전화 안 받냐?!"

그의 핸드폰이 계속해서 울려대니 편집장이자 대표인 김홍윤이 소리를 질렀다.

"받기 싫은 전화입니다."

"어디서 온 건데?"

"KBC보도국 우찬용이요."

"메인 아나운서였다가 이번에 보도국장으로 엘리베이터 타고 올라간 우찬용?"

"맞습니다. 그 우찬용이요."

우찬용은 김홍윤과도 대학 선후배 관계였다.

그래서 이름만 듣고도 정확히 알았다.

"근데 우찬용이 왜 너한테 전화를 해?"

"KBC로 돌아오라고요."

"이제 청소 좀 됐다고 복귀하라는 거구나? 갈 거야?"

중앙언론 3사의 부정비리를 집중적으로 터뜨렸던 것이 네이처펀치였기 때문이다.

"제가 거길 왜 돌아갑니까? 완전 지긋지긋한 곳인데 말입니다."

KBC에서 일하던 이태용은 언론 탄압에 질릴 만큼 질린 상태였다.

때문에 그 어떤 곳보다 돌아가기 싫을 수밖에 없었다.

"그래도 중앙언론사에서 콜하는 거잖아. 좋은 조건도 같이 내민 것 아니야?"

이태용은 전화가 끊긴 핸드폰을 들어 문자를 내밀었다.

문자에는 김홍윤이 물은 것처럼 우찬용이 부른 조건이 들어 있었다.

"헐… 연봉 인상에 기자진 캡? 완전 파격적인데?"

"그건 그렇죠. 하지만 그럼 뭐 합니까. 결국 윗대가리가 썩으면 또 시키는 대로 해야 하지 않습니까."

한 번 썩었던 사과인데, 그 자리만 도려낸다고 다시 썩지 않을 리가 없었다.

시간이 지나면 당연히 탐욕스런 사람들이 고개를 내밀 것이고, 같은 일들이 되풀이될 것이다.

"하긴… 나도 그게 질려서 나온 거지. 그럼 우찬용한테 거절한다고 말해."

"어제부터 백 번이나 했습니다. 그런데도 계속 전화해대니… 제가 안 미치겠습니까?"

"네가 여기서 대박사건만 터뜨려댔으니 KBC에서 탐낼 만하겠지. 다른 인터넷 신문사에서도 콜 받은 녀석들 몇몇 있다더라."

중앙언론사가 천익에게 컨트롤당하면서 중요 사건 보도가 인터넷 신문사로 넘어갔다. 중앙언론사에서는 대표적으로 기사를 냈던 기자들을 노렸다.

"다들 갔답니까?"

"간 녀석들도 있지. 물론 여기 복지가 좋아지긴 했지만… 솔직히 KBC, SBN, MBS. 중앙언론사 이름이 폼이 좀 나잖아?"

"틀린 말은 아니죠. 하지만 저는 싫습니다!"

탁!

이태용은 발끈하면서 핸드폰을 책상 위에 내려놓았다.

그 모습에 김홍윤은 고개를 절레절레 저었다.

"핸드폰 깨지겠다. 이 자식아."

"차라리 던져버리고 싶습니다."

"제보받을 핸드폰을 던지시면 어떻게 합니까? 소중히 잘 보관하셔야죠."

"제보는 무슨! 개뿔이나 소중… 응?"

갑자기 대화에 끼어든 익숙한 목소리에 이태용과 김홍윤은 동시에 고개를 돌렸다.

"잘 지내셨습니까?"

입구에는 정민수가 서 있었다.

물론 그 속은 변장한 차준혁이었지만 말이다.

"…정민수!!!"

두 사람은 오랜만에 마주한 정민수에게 빠르게 다가와 그를 끌어안았다.

"컥! 지, 징그럽게 왜 이러십니까?"

"징그럽기는! 너 도대체 어떻게 된 거야? 지금까지 뭐 하고 지낸 거야!"

"맞아! 설마 우리 회사 나가서 다른 곳에 들어간 건 아니지?"

궁금한 것이 많은지 김홍윤과 이태용은 이것저것 꼬치꼬치 캐물었다.

"하나씩 좀 물어보세요. 일단 어디 들어간 곳은 없습니다. 그리고 오늘은 찾을 물건이 있어서 온 거예요."

"물건?"

이내 정민수는 이태용이 앉아 있던 책상으로 다가갔다. 그리고 책상 아래로 손을 집어 넣더니 뭔가를 끄집어냈다.

책상 아래 천장에 붙어 있던 외장하드였다.

"…그건 뭐야? 거기에 외장하드가 붙어 있었어?"

지금까지 책상을 사용하던 이태용도 모르던 물건이었다.

"제가 지금까지 준비하던 취재 자료가 보관된 외장하드입니다."

"헐… 거기에 뭐가 들어 있는데?"

"이제부터 설명드리려고요. 그러니 회의실로 좀 들어가실까요?"

세 사람은 곧장 사무실 한쪽에 마련된 회의실로 들어갔다.

제일 먼저 들어선 정민수가 책상에 놓인 노트북으로 외장하드를 연결시켰다.

"편집장님과 이태용 기자님은 제가 취재하던 USB를 보셨죠? 일단 그 자료들이 복사되어 있습니다."

"그거면 모두 봤던 거잖아?"

"하지만 그 이상의 것들도 들어 있죠."

"그게 뭔데?"

정민수는 대답을 대신하여 외장하드에 저장된 동영상을 하나 보여주었다.

그와 동시에 김홍윤과 이태용은 경악을 금치 못했다.

"저, 정말… 저게 사실이란 거야?"

"말도 안 돼…….'"

입이 떡 벌어진 두 사람은 그 말을 끝으로 아무런 말도 없었다.

그러자 정민수는 크게 한숨을 내쉬면서 입을 열었다.

"보시면 아시겠지만… 어마어마한 진실이죠. 이게 세상에 발표되면 엄청난 여파를 끼칠 겁니다."

잠시 고심하던 두 사람은 영상에서 눈을 떼지 못했다.

"…저걸 어디서 구한 거야? 조작 아니지?"

이태용의 물음에 정민수는 고개를 끄덕였다.

"두 눈으로 보신 영상이 조작 같습니까?"

"어떻게 구한 거야?"

옆에서 지켜보던 김홍윤 역시 도저히 믿기지 않는다는 표정이었다.

"합법적으로 녹화한 영상은 아니죠. 그래서 발표하려면

상당한 각오가 필요합니다. 물론 이번에 보여드릴 영상도 마찬가지입니다."

정민수는 주머니에서 검은색 USB를 하나 꺼내 노트북에 꽂았다. 그러자 아까와 같은 영상이 재생되었다.

동시에 이태용과 김홍윤의 표정은 아까보다 더한 경악으로 물들어 갔다.

[대선후보 한민국당 소속 김태선! 의원 생활 중 불법 후원 자금을 받은 정황 포착!]

[한민국당 측! 부정 헌금이란 사실을 몰랐다고 발표!]

[당에서 받은 후원금 대부분을 고아원에 기부! 해당 자료를 공식적으로 발표!]

갑작스러운 소식이 인터넷 신문사들을 통해 터졌다.

그로 인해 한민국당에서는 급히 대처부터 하고 사건을 무마시켜 나갔다.

다행히 김태선의 이미지가 강했기에 예민해진 검찰과 달리, 국민들은 큰 문제로 삼지 않고 넘어갔다.

"이거… 정말 큰일날 뻔했군."

변종원은 수습된 상황을 보며 안도의 한숨을 내쉬었다.

그러자 맞은편에 앉아 있던 김태선도 마찬가지라는 표정

을 지어 보였다.

"그러게 말입니다. 자칫 막판에 일을 그르칠 뻔했습니다."

"헌데… 후원금 정보가 인터넷 신문사로 들어가다니… 어찌 된 영문이지?"

나름대로 잘 숨겨 온 불법 후원 정보였다. 그것이 탄로가 난 것이니 한민국당에서도 난리였을 수밖에 없었다.

"솔직히 그 자료는 허술한 부분이 많았습니다. 게다가 모이라이에서 노숙자 복지를 하면서 드러난 차명계좌들도 있지 않았습니까."

정확히는 예전에 차준혁이 찾아냈던 차명으로 운영된 불법 후원 자금이었다. 거기에는 노숙자들의 차명계좌도 있었기에 김태선의 입장에서 언제 들켜도 이상할 일이 없었다.

"하긴… 그래도 잘 마무리되었어."

"잘 대처해주신 덕분이죠. 허나 절대로 방심해서는 안 될 듯싶습니다."

"중요한 일이 코앞이니 조심해야지."

얼마 후면 중앙언론 3사에서 지지율이 높은 대선후보들을 모아 토론회를 열 예정이었다.

그때 약점으로 잡힐 일이 터진 것이기도 했기에 한민국당에서는 더욱 주의할 필요가 있었다.

"그래야죠."

"일단 유세 활동에 차질은 없나?"

"피곤한 것 외에는 문제없습니다."

"조금만 더 참으면 되니 힘내시게."

이제 선거가 코앞이었다.

지금처럼만 유지되면 어떤 후보든 김태선을 재칠 수 없었다.

"하지만 정체불명의 조직에서는 움직임이 없는 겁니까? 저는 그 녀석들이 걱정됩니다."

천근초위가 표면적으로 괴멸된 상황은 여전히 정체를 알아내지 못한 조직 탓이었다. 그런데 대동요양원 사건 이후로 잠잠하니 김태선은 조금 불안해졌다.

"우리 쪽에서그 조직에 대해 딱히 알아낸 것이 없으니……."

"제가 대통령에 오르면 어떻게든 그곳부터 찾아내야 하겠군요."

지금까지도 엄청난 방해를 받아왔다.

당연히 천근초위의 미래를 위해서는 정체불명의 조직부터 색출해내야 했다.

"기대하도록 하지. 이만 들어가서 쉬시게. 집에서 아내와 딸이 기다리고 있지 않은가."

김태선이 넥타이를 느슨하게 풀었다.

며칠 후.

세종문화회관에는 수많은 방송 관계자들이 들락거렸다.

그들은 대선을 앞두고 제일 화두(話頭)가 된 후보 토론을 준비 중이었다.

끼이이익!

얼마 지나지 않아 회관 앞으로 승용차들이 줄줄이 들어섰다. 차량에서는 정경제계를 대표하는 인물들이 계속해서 내렸다.

이번 정권 교체는 기업인들에게도 중요한 사항이기 때문에 직접 방청을 것이다.

동시에 회관 앞에서 진치고 있던 기자들은 영화제 입성을 방불케 하듯이 사진을 찍느라 바빴다.

"여기를 좀 한 번 봐주세요!"

기자들의 요청에 정경제계 관계자들은 손만 살짝 휘저으며 회관 안으로 들어갔다.

이내 기자들은 조금 뒤늦게 도착한 승용차로 눈길을 급히 돌렸다.

"모이라이의 차준혁 대표다!"

"차준혁?"

한 기자의 외침대로 승용차에서는 차준혁이 신지연과 함께 내리고 있었다.

"사람들이 정말 많네요."

"후보들이 진솔하게 토론하는 자리니까요."

두 사람은 대화를 나누며 앞으로 걸어갔다.

회관 안으로 들어서자 이번 토론 방송의 대표 연출인 고상식이 그들에게 다가왔다.

"반갑습니다. 메인 연출을 담당한 고상식이라고 합니다. 이번 프로그램을 후원해주셔서 감사합니다."

그의 말대로 토론 방송에 필요한 모든 자금은 모이라이에서 지원해주었다. 고상식의 입장에서는 지금처럼 얼굴을 비추는 상황이 당연했다.

"좋은 후원이 될 듯싶어서 한 것뿐입니다. 그런데 저희는 어디로 가면 되죠?"

"자리를 따로 마련해두었습니다. 안내는 저희 FD가 직접해드릴 겁니다."

잔뜩 긴장한 남자 FD가 앞으로 걸어 나와서 섰다.

"자, 잘 부탁드립니다!"

나이도 차준혁보다 많은 듯 보였다.

"저야말로 잘 부탁합니다."

차준혁과 신지연은 그의 안내를 받아 회관 내 방송이 준비된 공연장으로 들어섰다. 그곳에서는 수많은 정경제계 관계자들이 대화를 나누는 중이었다.

"다들 우리를 쳐다보네요."

신지연은 자신들에게 집중된 시선을 부담스러워했다.

"신경 쓰지 말아요."

그녀의 손을 잡아 이끈 차준혁은 FD가 안내해준 자리에
앉았다. 토론 방송 시작까지는 아직 1시간 정도의 여유가
남아 있었다.

잠시 후, 한 중년 사내가 옆으로 다가와 말을 걸었다.

"안녕하십니까. 차준혁 대표님."

중후한 목소리의 사내는 한민국당의 변종권이었다.

"변종권 의원님이시군요."

차준혁은 자리에서 일어나 악수부터 나누었다.

"방송 후원을 하셨다고 듣긴 했는데… 직접 오실 줄은
몰랐습니다."

"후보자들의 진솔한 토론을 볼 수 있는 자리이지 않습니
까. 당연히 와봐야지요."

"그러셨군요. 이렇게 뵙게 되니 반갑습니다."

"저도 반갑습니다. 게다가 이렇게 먼저 말씀까지 걸어주
시니 영광이군요."

차준혁은 변종권의 눈을 똑바로 쳐다봤다.

미묘해진 분위기 사이에서 속내를 보여주지 않기 위해서
였다.

"그보다, 좋은 자리가 있으면 저희 후보도 불러주십시
오. 정진한 후보만 너무 챙기시는 것 아닙니까?"

말에 가시가 있었다.

그 의미대로 모이라이에서는 복지 후원 활동에 정진한을
철저하게 동행시켰다. 물론 표면적으로는 유세 활동이라

기보다 단순한 사회복지 활동으로만 보이게 말이다.

"마음이 맞아서 참여하시게 된 것입니다. 그리고 경쟁구
도인 두 사람을 초대하면 괜히 오해를 살지 모르는 일 아
닙니까."

"하긴, 그것도 그렇겠군요. 그럼 저는 이만 제 자리로 돌
아가보겠습니다. 혹시 나중에 시간이 괜찮으시다면 식사
자리를 마련할까 하는데… 어떠십니까? 물론 옆에 계신
분도 함께 말이죠."

능글맞은 그의 질문에 차준혁은 미소를 풀지 않고 대답
했다.

"초대해주신다면 당연히 응해야죠."

"그럼 날짜를 한 번 잡아보겠습니다."

변종권이 뒤로 돌아가자 차준혁의 한쪽 입꼬리가 슬쩍
올라갔다.

'식사 초대할 시간이 난다면 말이죠.'

탑은 공들인 만큼 빠르게 무너진다

후보자 토론 방송이 준비되고 있었다.

연출 대표인 고상식은 정신없이 확인 작업을 하다가 긴급 연락을 받았다.

"유종영 후보랑 구찬봉 후보가 빠진다고 했다고?!"

김태선, 정진한과 함께 지지율 상위를 차지한 후보들이었다. 그런 소식을 가져온 FD는 자신의 잘못이 아님에도 얼굴을 들지 못했다.

"그, 그렇다고 합니다."

"생방까지 얼마 남지 않은 상황에서! 왜!"

"저도 그건… 개인사정이라고만…….."

FD가 이유를 물어보지 않았을 리가 없었다.

그러나 후보 보좌관들은 마땅한 이유 없이 개인사정이라고만 대답해 왔다.

"이걸 어쩌라는 거야!"

후보자 4명의 토론을 생방송으로 내보낼 계획이었다.

그런데 방송 시작 코앞에서 무너지자 고상식은 머리를 쥐어뜯었다.

"어, 어쩔까요?"

"후우… 뭘 어째! 그냥 두 명이서 가야지! 일단 자리부터 메인 2명으로 세팅해!"

FD는 재빨리 세트장으로 향했다.

세트를 쳐다보던 구상식은 한숨을 크게 내쉬더니 무대 뒤에 위치한 대기실로 향했다. 대기 중인 김태선과 정진한에게 양해를 구하기 위해서였다.

방송 준비가 갖춰지자 꽉 들어찬 관객석에 긴장감이 맴돌았다.

이내 방송 시작과 함께 카메라들이 집중되고, 무대 위로만 조명이 떨어졌다.

"본래 모시기로 했던 4분 중 유종영 후보와 구찬봉 후보께서는 중요한 일로 인해 어쩔 수 없이… 그래서 다른 두 분만 모시게 되었습니다."

사회자는 그런 인사말과 함께 무대 뒤에서 기다리고 있

238

던 2명의 후보자를 차분하게 불렀다.

그들의 등장과 함께 방청객들은 잔잔한 박수를 보냈다.

짝짝짝짝짝!

"그럼 이제부터, 두 분의 후보께서 국민들에게 내건 공약과 함께 앞으로 대한민국의 문제에 대하여 토론을 시작하겠습니다."

김태선과 정진한은 사회자를 중심에 두고 마주 보고 앉아 있었다. 두 사람 모두 진지한 표정이었다.

그렇게 긴장감이 감도는 분위기 속에서 사회자는 방송을 진행해 나갔다.

"그럼 제일 먼저 김태선 후보께 묻겠습니다. 공약 중 의료비 본인 부담 상한을 50만 원 이하로 낮추시겠단 사항이 있는데요. 대체 어떤 식으로 이행하겠다고 계획을 세우셨는지요?"

날카로운 물음에 김태선은 어느 때보다 진지한 표정으로 입을 열었다.

"좋은 질문입니다. 다들 아시다시피 의료비 지원에는 웬만한 혜택이 모두 들어 있습니다. 그럼에도 그 혜택을 받지 못하는 사람들이 존재합니다. 나을 수 없는 병도 아닌데도 말이죠. 그렇기 때문에……."

나름 열심히 생각해둔 대답인지 김태선의 목소리는 마이크를 뚫어버릴 듯이 방청객에게 전해졌다.

정진한도 정신을 바짝 차린 채 자신의 차례를 기다렸

다.

김태선의 설명이 끝나는 사이, 사회자의 시선이 정진한에게로 향했다.

"정진한 후보께서는 지금 의견에 대해 다른 생각이 없으신가요? 있으시다면 반론에 대한 시간을 드리겠습니다."

대선후보 토론은 서로를 물고 뜯으면서 진짜 이야기가 시작되었다. 사회자가 그것을 부추기듯 말하면서 정진한의 행동을 지켜봤다.

"저도 좋은 공약이라고 생각합니다."

하지만 의외로 긍정의 목소리가 나오자 사회자는 고개가 갸웃거렸다.

"허나……."

물론 정진한도 정치인이기 때문에 좋은 면만 볼 수는 없었다. 그렇기에 말을 끝맺지 않고 계속 이어 나갔다.

"현실적으로 불가능한 공약이라고 생각됩니다. 김태선 후보께서는 대한민국의 1년 예산이 거기까지 안고 갈 수 있을 것이라고 생각하십니까? 당장 난치병, 불치병 환자들도 치료비를 지원받지 못하는 상황에서 말입니다."

직설적인 고증해석에 김태선의 미간이 찌푸려지려고 했다. 그러나 방송 중이라는 것을 알기에 최대한 평온을 유지하면서 반론을 내밀었다.

"곧바로 시작하지 못할 것은 압니다. 그렇지만 그에 걸맞는 준비를 해 나가야죠."

어떤 공약이든 대통령이 된다고 해서 곧바로 실천할 수는 없었다. 그 과정에서 올바르게 지켜지는지가 제일 관건이었다.

김태선은 그런 맹점을 앞세우려고 했다.

하지만 정진한이 이를 받아치듯이 의견을 내세웠다.

"혹시 경제발전에 힘써서 국민소득을 올리고, 이에 세금을 올려 방법을 강구하시려는 겁니까? 그건 결국 국민들에게 기대겠다는 말이지 않나요?"

정진한의 따끔한 설명에 방청하던 사람들의 입에서 고요한 탄식이 흘러나왔다. 동시에 김태선은 그들에게 보이지 않은 쪽의 눈꼬리를 일그러뜨렸다.

'나랑 해보겠다는 건가?'

물론 정진한의 위치에서는 그 표정이 보였다.

날카로워진 분위기 속에서 김태선은 다음으로 이어질 사회자의 순서를 기다렸다.

"정진한 후보께서 경제 운용 구도의 모순을 정확히 짚어주셨네요. 물론 김태선 후보의 공약도 틀린 것은 아니라고 판단됩니다. 어떤 운용 방식에서든 나라가 국민들의 기반으로 돌아가니 말이죠."

사회자는 순식간에 굳어졌던 분위기를 자연스럽게 풀면서 다음 질문으로 넘어갔다.

"다음은 정진한 후보께서 내건 공약에 대해 이야기해보도록 하죠. 대부분 명확하기보다는 추상적인 공약이 많은

데요. 그중 특이한 것도 있군요. 최저임금을 8,000원까지 인상한다는 공약인데요. 현재 경제 상황으로 가능하다고 보십니까?"

최저임금은 노동자들과 직결된 문제였다.

당연히 기업적인 측면에서 보면 민감할 수밖에 없었다.

그것을 시행한다면 어떤 기업이든 반감을 가질 것이다.

특히 지금도 검경합동수사본부에서 기업들을 들쑤시고 다니니 더욱 예민한 공약이었다.

"2009년을 기점으로 대한민국의 평균 국민소득은 약 1,900만 원입니다. 2,000만 원도 안 되는 수치죠. 그걸 끌어올리지 않는 이상 경제발전은 언제나 먼 길일 수밖에 없습니다."

"그럼 강구하신 방법으로 어떤 것이 있습니까?"

정진한은 평온한 미소를 유지하며 대답했다.

"딱히 다른 방법은 없습니다. 단 하나! 정부에서 최저임금을 동결하는 방법뿐이죠."

그 순간 방청객에서 웅성거리는 목소리가 들려왔다.

대부분이 일반 노동자들이기 때문이다.

물론 자신들을 위한 공약이기는 하지만 정말로 이뤄질 수 있을지 확신하기 어렵다는 반응이었다.

"지금의 의견을 김태선 후보께서는 어떻게 생각하십니까?"

사회자의 물음으로, 질문이 김태선에게로 넘어갔다.

그는 기다렸다는 듯이 잔잔한 미소를 머금었다.

"저도 정진한 후보의 생각에는 동의합니다. 그러나 국민소득을 올리는 일이 쉽지는 않죠. 기업들은 이익에 비례하여 직원을 쓰며 회사를 운영합니다. 물론 거기에 들어가는 운영비도 만만치 않습니다. 그런 상황에서 갑작스럽게 최저임금을 인상한다면… 기업들 입장에서는 죽으란 말밖에 되지 않겠습니까."

교묘하게 긍정을 보이면서 둘러치는 언사(言辭)였다. 이에 정진한은 반론을 제기하려는지 조용히 손을 들었다.

"정진한 후보께서 말씀하시죠."

"바로 올리자는 것은 아닙니다. 매해마다 1,000원씩이라도 올린다면 그만큼 국민들의 소비도 촉진될 것이니, 기업의 측면에서는 더욱 좋은 일이 아닙니까."

"그게 어렵단 것이 아닙니까. 일인당 1,000원 시급이 오르면 대기업들이 감수할 피해가 얼마나 되시는지 알고 하시는 말씀입니까?"

그의 말에도 일리가 있었다.

한 사람당 임금이 오르면 그만큼 인건비가 커질 수밖에 없었다.

당연히 기업의 입장에서는 비용의 운용 비율을 맞추기 위해 실업자를 만든다 결국 기업 내에서도 상위에 속한 사람들만 살아남고, 하위는 실직자가 되어버린다.

끝내 정부의 무책임한 임금 인상으로 국민들이 피해보게

되는 것이다.

물론 정진한도 그 사실을 잘 알고 있었다.

그럼에도 지금의 공약을 최우선으로 밀어붙였다.

"그럼 김태선 후보께서는 기업들을 위해 국민들은 평생 제자리에서 머물러야 한다는 건가요?"

뭔가 정곡을 찌르는 말에 김태선은 미간을 찌푸린 채로 언성을 높였다.

"당장 1,000원은 무리란 겁니다. 지금까지도 해마다 최저임금은 인상되고 있습니다. 각 경제기업들과 정부가 논의 하에 말이죠."

"해마다 고작 100원, 200원씩 오르는 것으로 말입니까? 그걸로 국민들의 삶을 어떻게 풍족하게 만들겠습니까?"

분위기가 점점 격앙되자 사회자가 손을 살짝 들었다.

그와 동시에 후보자들의 마이크가 꺼지면서 소리가 사라졌다.

"자, 후보들께서 국민들을 생각하는 마음이 참으로 절실한 듯싶습니다. 잠시 분위기를 진정시킨 뒤에 토론을 계속 진행하도록 하겠습니다."

광고가 시작된 것인지 세트로 향해 있던 카메라의 빨간 불빛이 꺼졌다. 그와 동시에 사회자는 안도의 한숨을 내쉬었다.

"예정보다 좀 빠르지만 10분 정도 휴식을 가지도록 하겠습니다."

"그러죠. 마침 화장실에 가고 싶었던 참입니다."

김태선은 대답과 함께 일어나 화장실로 향했다.

자연스럽게 경호를 맡은 이들이 뒤로 따라 붙었다.

그러다 화장실 앞만 지키고 서서 들어가지는 않았다.

"후우……."

저벅. 저벅.

그때 화장실 안까지 발자국 소리가 이어졌다.

"곧 있으면 방송 시작인데 왜 오셨습니까?"

안으로 들어선 사람은 변종권이었다.

그는 짜증이 가득한 표정으로 김태선을 쳐다봤다.

"자네… 너무 민감하게 반응하는 것 아닌가?"

"뭐가 말입니까? 방송이요?"

"고작 토론 방송이야. 게다가 정진한과는 다르지 않은 성향이니 너무 튀어 보이는 것도 안 좋아."

두 사람 모두 선해 보이는 타입이었다.

그런 상황에서 누군가의 조금 억센 모습이 국민들에게 나쁜 영향을 줄 수도 있었다.

"변 의원께서 안정적인 의정 생활만 하시다보니 겁이 많아지셨군요."

"뭐, 뭣?!"

그의 건방진 말투에 변종권은 어이가 없었다.

"국민들은 온순한 대통령이 아닌 강인한 대통령을 원합니다. 여기서 성향을 확실하게 가르지 않는다면 허수아비로 보일 뿐입니다."

"크흠……!"

틀린 말은 아니었기에 변종권은 헛기침을 하면서 괜한 시선만 돌렸다.

"저는 이만 돌아가보죠."

손목시계를 보던 김태선은 화장실을 나섰다.

그가 무대로 돌아가자 정진한이 생수를 들이키고 있었다.

"목이 많이 마르셨나보군요."

"무대 조명 때문인지 좀 칼칼해져서 말입니다."

두 사람이 자리를 잡자 사회자가 걸어 나왔다.

그사이 차준혁은 자리를 뜨지 않고 무대만 지켜보았다. 방송이 다시 시작되는 것을 보면서 어이없다는 미소를 지었다.

"이제 슬슬 시작하시겠네요."

옆에 앉아 있던 신지연이 시간을 확인하면서 말했다.

"아직 좀 남았어요. 연락이 안 왔으니까요."

차준혁은 뒤에 꽂아둔 무전기를 조심스럽게 눌렀다.

"어떻습니까?"

—여기는 MAD ONE. 검찰에서 움직이고 있습니다. 약 30분 후에 목적지에 도착할 겁니다.

무전기에서 들린 목소리는 배진수였다.

"좋네요. 여기도 곧 있으면 시작할 겁니다."

매우 조그만 목소리였기에 신지연에게도 들릴락 말락 했다. 그런 대답과 함께 차준혁은 품속에서 무전기를 다시 눌러 다른 사람을 호출했다.

"준비됐어?"

—거의 마무리됐다. 미리 정해둔 시간에 터뜨리면 되는 거지?

이번에 들려온 목소리는 이지후였다. 그는 지금 IIS 서울지부에서 컨트롤 룸을 담당하고 있었다.

무전을 마친 차준혁의 시선이 다시 무대로 향했다.

카메라가 다시 돌아가는 중이었다.

김태선과 정진한은 사회자를 가운데 두고 열띤 정치토론을 해댔다. 특히 김태선은 선해 보이던 이미지와 다르게 강인함을 보였다.

"대한민국이 부강해지려면 물론 국민들을 위해야겠지요! 허나 그 기반은 기업에게 있지 않습니까!"

"하지만 기업도 국민들이 있기에 운영됩니다. 김태선 후보께서는 국민을 기업 아래로 두시겠단 말인가요?"

서로 날카로운 질문과 대답을 쏘아댔다. 그 탓에 사회자는 난감한 기색을 보이면서 조금씩 중재를 가했다.

"자, 다들 이쯤까지 하시고… 요즘 정세에 대해 이야기를 나눠보죠."

사회자는 공약에 대한 이야기를 마치고 다른 주제로 이

야기를 돌렸다. 새로운 주제로 이야기가 이어지자 두 사람의 정계 토론은 더욱 치열해져 갔다.

"저는 이번 기회야말로 우리나라 정제계를 다시 일으킬 기회라고 생각합……!"

언성이 높아진 김태선의 주장이 갑자기 끊어졌다.

마이크가 꺼진 탓이었다. 사회자 역시 이를 이상하게 여기고 자신의 마이크를 체크해봤지만 작동되지 않았다.

고요한 정적만이 흘렀다.

그때 스피커에서 익숙한 목소리가 크게 울렸다.

―이제 얼마 남지 않았습니다. 우리의 대업만 성공한다면 모든 것은 끝입니다.

바로 김태선의 목소리였다. 때문에 김태선의 표정이 딱딱하게 굳어지면서 아무런 행동도 하지 못했다.

동시에 관객석 천장에 매달린 빔 프로젝트기가 켜지면서 무대 위로 영상을 띄웠다.

방금 전 목소리의 출처인 김태선의 모습이 흘러나왔다.

[대동요양원의 금괴도 제가 대통령만 되면 언제든 회수가 가능하죠. 그게 허투루 버릴 비자금은 아니니까요.]

영상에 나온 사람은 김태선뿐만이 아니었다.

그 옆으로 한민국당 대표인 변종권도 함께였다.

[자네가 잘해주면 될 일이지. 하지만 이번 일로 타격이 너무 커. 불법 후원금이야 잘 처리했다지만… 지방 의원들을 포섭하는 데 워낙 자금이 많이 드니.]

[잘 달래주십시오. 어차피 한배를 타게 될 사람들이지 않겠습니까.]

두 사람의 대화는 방청객들을 경악성으로 물들였다.

지금까지 알아온 사람들의 대화라고는 전혀 상상할 수 없기 때문이다.

[후우… 그들에게 얼마나 들었는지 아는가? 자그마치 120억이야. 자네는 국민이나 어르고, 달래주면 끝날 일이지. 하지만 나는 아니네. 의원들 욕심이 나날이 커지고 있어.]

[고작 120억입니다. 대동요양원의 자금만 되찾으면 전부 해결될 일이 아닙니까.]

영상은 집단 패닉을 불러왔다.

무대에 앉아 있던 김태선도 마찬가지였다.

이내 정신을 차린 그가 사회자에게 소리를 질렀다.

"지금 뭐 하는 겁니까! 방송에서 저런 영상을 내보내도 됩니까?"

"아, 아니 그게……!"

녹화도 방송도 아닌 생방송 중이었다. 물론 빔 프로젝트기가 쏘아댄 화면도 방송을 타고 흘러 나갔다.

그럼에도 어느 누구도 상황을 막지 못했다.

그만큼 회관 안에서의 상황은 혼란스러웠다.

"끄라고!"

결국 김태선은 홍시처럼 붉어진 얼굴로 무대 앞쪽에 앉아 있던 구상식 PD에게 소리쳤다.

"아……!"

메인PD 구상식은 그제야 엄청난 방송 사고임을 깨닫고 머리부터 빠르게 굴려보았다.

물론 이 상황에서 내릴 조치는 단 하나밖에 없었다.

"빨리 광고로 돌려! 센터! 카메라 끄고서 돌리라고!"

구상식은 무전기에 대고 소리쳤다.

이내 센터를 담당하고 있던 담당자가 카메라를 급히 끄면서 광고로 전환시켰다.

하지만 방청석은 수습할 수 없었다.

다들 멍한 표정으로 김태선을 쳐다보고 있었다.

너무 충격적인 영상을 봤으니 당연했다.

쾅—

그 순간 방청석 후방의 중앙 출입구가 큰 소리를 내며 열렸다. 동시에 검은 정장 차림의 사내들이 우르르 몰려들어오더니 좌측에 위치한 비상구로 향했다.

얼마 지나지 않아 그쪽 문이 열리더니 뒷걸음으로 들어

오는 변종권을 발견할 수 있었다. 그는 앞에 선 사내들을 발견하고서 뻔뻔하게 입을 열었다.

"검경합동수사본부의 유태진 부장검사님이 아니십니까. 제게 볼일이라도 있으신가요?"

방금 전, 사람들이 혼란스러워하는 사이에 도망치려했고 했던 것이다. 물론 검찰에서 모든 출입구를 봉쇄하고 있었기에 변종권이 도망치기 전에 막을 수 있었다.

"아무 일도 없으면 여기까지 왔겠습니까?"

변종권의 물음과 함께 유태진은 품속에서 영장을 꺼내어 펼쳤다. 거기에는 변종권의 이름과 함께 구속영장이 발부된 혐의가 적혀 있었다.

[뇌물수수, 배임, 국가보안법 위반 등등]

각종 범죄 혐의들이 줄줄이 나열되었다.

변종권은 미간을 와락 찌푸렸다.

"나한테 영장이 나왔다고?"

"보시면 아시지 않습니까. 조용히 따라와주실 생각이 없으시다면 구속영장대로 집행하겠습니다."

차가운 유태진의 표정에 변종권은 눈동자를 굴리면서 주변을 살폈다.

그들의 대화로 인해 사람들은 지금도 흘러나오는 영상을 볼 때처럼 경악하는 중이었다.

"그리고 김태선 후보께서도 내려와주셔야겠습니다."

유태진이 고개를 돌려 김태선에게도 영장을 내밀어 보였다. 그 영장에도 변종권과 동일한 혐의들이 줄줄이 적혀 있었다.

지금도 영상은 계속 흘러나오는 중이었다.

[자네가 대통령이 되면 어떤 정치를 할지 기대되는군.]

[국민들은 편해지면 좋은 줄로만 알지요. 그게 바로 우리를 위한 일입니다. 아무것도 안 하면 무식한대로 있게 되니 말입니다. 하하하하!]

기고만장한 김태선의 웃음소리가 쩌렁쩌렁 울려 퍼졌다. 그 탓에 방금 전까지 소리를 지르던 김태선은 아무것도 하지 못하고 주저앉았다.

"허어……."

털썩!

영상의 상황은 얼마 전, 김태선과 변종권이 도시 외곽에서 만나 조용히 나눴던 밀담이었다. 그때 상황의 영상이 어떻게 나오는 것인지 김태선은 도통 알 수 없었다.

"저건 조작이야! 조작이라고! 자네들! 저 사람은 대선후보일세! 검찰에서는 확실한 증거를 가지고 영장을 발부한 겐가!"

변종권은 지금의 상황을 부정하기 위해 최대한 역정을

내면서 따져댔다.

그러나 검찰이 아무런 증거도 없이 대선후보와 여당대표에게 구속영장을 발부할 리가 있을까.

당연히 모든 것이 갖춰져 있기에 나온 것이다.

"태백의 비밀 마을에서 육성한 반국가 조직, 불법 자금을 운영한 기지회, 대동요양원의 불법 비자금 보관. 마지막으로 국가보안법에 위배되는 친일파 조직 운영 등등! 여기서 전부 읊어드릴까요?"

유태진의 목소리가 회관을 쩌렁쩌렁 울렸다.

그로 인해 변종권은 표정이 딱딱하게 굳으면서 어떤 대답도 이어가지 못했다.

"이해하셨으면 같이 검찰청까지 가 주시죠."

동시에 유태진의 뒤에 서 있던 검사들이 변종권과 김태선의 양옆으로 섰다. 그리고 두 사람의 양팔을 잡은 그대로 회관 밖으로 인도해 나갔다.

생방송은 당연히 중단되었다.

그러한 상황을 지켜보던 차준혁과 신지연은 조용히 일어나 로비로 나갔다.

차에 태워지는 김태선과 변종권이 보였다.

"조금… 허탈하네요."

겨레회를 위협했던 천근초위의 최종 계획이 무너지는 것을 지켜보던 신지연이 말했다.

"완벽할수록 그럴 수밖에 없죠."

"하지만 너무 허무하잖아요. 이대로 끝나도 괜찮은 거예요?"

앞으로 검찰에서 대대적인 조사가 벌어질 것이다.

물론 천근초위에서 나름대로 손을 써볼 것이 분명했다.

게다가 자신들의 안위가 걸린 일이니, 앞뒤를 가리지도 않을 것이다.

"걱정하지 말아요. 이걸로 끝은 아니니까요. 녀석들도 이대로 끝나지 않으려 할 거예요."

치직—

그때 차준혁의 귓가로 노이즈가 울리면서 배진수의 목소리가 들려왔다.

—여기는 MAD ONE. 긴급사항입니다!

차준혁은 주변에 시선이 있는지부터 확인했다.

다행히 사람들은 엄청난 거물들의 충격적인 검거 상황만 지켜보고 있었다.

"말씀하세요. 무슨 일입니까?"

—김정구를 검거하기 위해 천익으로 간 검찰이 허탕을 쳤습니다.

"도망을 쳤단 말입니까?!"

김태선과 변종권을 검거하면서 김정구도 한꺼번에 잡아넣으려고 했다. 그런데 계획이 틀어졌다는 것은 예상 밖의 수가 있다는 의미였다.

—건물 안에 저희가 파악하지 못한 비밀 통로가 있었던

것 같습니다. 거기다가 검찰에서 예정 시간보다 조금 늦게 들이닥치는 바람에…….

"그래서 어떻게 했습니까?"

—일단은 지부에 연락을 넣어서 추적을 요청해둔 상태입니다.

"최대한 찾아보는 수밖에 없겠군요. 저도 따로 움직여보겠습니다."

연락을 마친 차준혁은 김정구가 작정을 하고 숨었다고 생각했다.

그때 김정훈 사무관이 차준혁에게 급히 다가왔다.

"차 대표님!"

"왜 그러십니까?"

"천익의 김정구 대표를 검거하는 데 실패했다고 합니다. 일단 수배령을 내리려고 하는데… 혹시 따로 조사해두신 사항이 있으신지 부장검사님께서 물어보라 하셨습니다."

방금 전, 배진수를 통해 들은 사항이었다.

이에 차준혁은 처음 듣는 것처럼 행동했다.

"이런… 큰일이군요. 바로 확인해보겠습니다."

"부탁드립니다."

김정훈이 다시 돌아가자 차준혁은 천익에서 차명으로 소유한 부지나 건물들을 떠올렸다.

그러나 마땅한 장소가 생각나지 않았다.

"…도대체 어디로 간 거지?"

홀로 중얼거리던 차준혁은 이지후에게 전화를 걸었다.

—왜 무전기로 하지 않고 전화야?

"여기 사람이 많은 곳이야. 그보다 김정구가 도망쳤다는데 추적 가능해?"

—안 그래도 지부 사람에게 얘기 들었어. 그래서 통신기기로 추적해봤는데… 좀 이상해.

"뭐가 이상한데?"

차준혁은 고개를 갸웃거리면서 되물었다.

그러자 이지후는 여전히 긴가민가한 목소리로 대답했다.

—추적한 신호가 동해 쪽으로 가고 있어. 밀항할 거면 인천이란 부산으로 가야 하는 거 아닌가? 혹시 덕산항으로 가는 게 아닐까도 싶은데.

대동요양원 근처에 있던 덕산항에는 천익에서 탈출을 위해 준비해두었던 선박들이 있었다. 그러나 IIS에서도 그 사실을 알기에 검찰이 요양원을 치기 전 손을 써두었다.

"거긴 아직도 경찰에서 지키고 있으니 아닐 거야."

금괴는 엄청난 양이 보관된 탓에 여전히 대동요양원에 있었다. 그래서 검찰과 경찰에서 철두철미하게 경계를 서는 중이었다.

당연히 김정구도 그 사실을 알 테니 그곳으로 갈 리가 없었다.

—그럼 어디란 거야? 지금 이대로라면 분명 강원도 쪽인

데.

지도로는 신호가 이동 중이었기에 이지후도 정확한 판단
이 어려웠다.

그의 물음에 차준혁은 곰곰이 생각에 잠겼다.

"거긴가……?"

—어디?

"당장 IIS본부로 연락해서 태백으로 가 달라고 해줘."

차준혁은 불길한 생각이 들었다.

그래서 다급히 부탁한 뒤 신지연과 함께 차로 향했다.

"김정구가 어디로 갔는지 알아낸 거예요?!"

"녀석도 지금까지 상황을 확인했다면 궁지에 몰렸단 것
을 알았을 거예요. 그렇다면 갈 곳은 한 곳밖에 없어요."

"그게 어딘데요?"

차에 올라탄 차준혁이 옆자리에 앉은 신지연에게 말했
다.

"태백. 그곳으로 갔을 거예요. 팀장님! 바로 태백으로 가
주세요! 빨리요!"

정진우 보안팀장은 그의 지시를 받자마자 차를 출발시켰
다.

○○

검찰청으로 구속되어 온 변종권은 취조실에 앉아 있었

다. 그러면서 지금의 상황을 조심스럽게 파악해 나갔다.

"대체 뭐가 어떻게 돌아가는 거지? 검찰에서 구속영장이라니…….”

한민국당은 후원금 외에 천익과 연결된 어떠한 증거도 남기지 않았다. 당연히 천근초위가 드러난다고 해도 한민국당 만큼은 무사해야 했다.

하지만 검찰은 어떤 증거를 확보한 것인지 구속영장까지 들고왔다. 무언가가 있는 것이 분명했다.

딸칵!

그때 문이 열리더니 유태진이 사무관인 김정훈과 함께 안으로 들어와 앉았다.

"방금 전까지 고래고래 소리를 지르시더니… 지금은 조용하시군요. 혹시 빠져나갈 방법을 찾으신다면 소용없다고 말해드리고 싶네요.”

"대체 무슨 증거로 나에게 구속영장이 떨어졌단 겁니까? 아니, 그게 확실한 증거가 맞긴 합니까?”

냉정해진 변종권이 미간을 찌푸리며 물었다.

그러자 유태진은 옅게 실소를 흘렸다.

"대한민국 검찰이 아무런 증거도 없이 이랬을 거라고 생각하신 것은 아니겠죠?”

"그러니까! 그 증거가 뭐냔 말입니까!”

유태진은 챙겨 온 서류와 사진들을 그의 눈앞에 펼쳐서 놔주었다. 그것은 한민국당 보좌관들의 수상한 모습과 불

법으로 운영된 계좌 정보였다.

그것을 하나하나 확인한 변종원의 표정이 더욱 굳어졌다.

"……."

"게다가 회관에서 입수한 영상도 있죠. 모든 영상을 확인하니 여러 범죄 정황을 스스로 자백하셨던데 말입니다."

영상은 방청객들이 본 것이 전부가 아니었다.

지금까지 이곳저곳에서 나눴던 김태선과 변종권의 밀담 대부분이 들어 있었다.

"직접 확인해보시겠습니까?"

변종권은 이를 악물었다.

차라리 혼자서 걸렸다면 모든 것을 뒤집어써도 되었다.

하지만 김태선의 적나라한 본심까지 생방송을 타고 전국으로 퍼져 나간 뒤였다. 그러한 상황에서 검찰에게 구속되기까지 했으니, 도저히 빠져나갈 구멍이 없었다.

"구속영장을 보여드리면서 말씀드렸지만 변종권 씨께서는 각종 범행 혐의로 인해 구속수사가 이뤄질 겁니다. 물론 변호사도 선임하실 수 있으니, 마음대로 구해보시기 바랍니다."

비꼬는 듯한 유태진의 말투에 변종권은 자신의 변호사가 오길 기다렸다. 구속되었다고는 하지만 아직 의원으로서 힘을 잃은 것은 아니었기 때문이다.

"아! 참고로 보좌관들은 지금 보여드린 증거로 모두 구속되었으니 직접 변호사를 부르셔야 할 겁니다."

유태진은 친절한 설명과 함께 직접 걸라는 듯 압수했던 핸드폰을 내밀었다.

"크음!"

변종권은 곧장 담당 로펌으로 전화를 걸었다.

한참 동안 신호음이 울렸지만 변호사와 연결되지 않았다.

몇 번이나 다시 걸어봤다.

그러나 계속해서 안내 방송으로 넘어갈 뿐이었다.

"로펌에서 연락을 받지 않나보군요. 부르기 힘드시다면 국선 변호사라도 불러드릴까요?"

변종권이 로펌에다 쏟아부은 돈도 만만치 않았다.

그런데 지금처럼 전화 연결이 안 된다는 것은 생방송으로 인해 그들이 이미 등을 돌렸단 의미였다.

'이 자식들이……!'

그때 유태진은 또다시 깜박했던 것을 떠올리며 말했다.

"하나 빼먹었네요. 혹시 전화한 곳이 송&유 로펌이라면 연락이 어려울 겁니다. 지금쯤이면 그곳에도 검찰이 수색 영장을 들고 들이닥쳤을 것이니 말입니다."

"어, 어떻게……."

겨레회와 IIS가 지금까지 모아 온 증거들은 천근초위와 연결된 모든 조직의 것이다. 오늘을 위해 차곡차곡 쌓아놓

고서 단번에 터뜨렸다.

물론 제대로 된 증거로 인정받기 위해 나름대로의 방법도 썼다. 그로 인해 지금과 같은 결과를 만들 수 있었다.

"지금 당장 변호사를 부르지 못하신다면… 일단 조사부터 시작하도록 하죠."

유태진은 완전히 고립된 변종권을 쳐다보며 서류를 펼쳐 들었다.

대선 토론 방송 때문에 나라는 발칵 뒤집어졌다.

지금까지 믿어 왔던 차기 대권주자가 이면에서 국민들을 씹어댈 줄은 누구도 상상하지 못했기 때문이다.

나라를 들썩이게 만든 차준혁은 태백에 가까워져 갔다.

그러다가 먼저 출발한 IIS본부에서 연락이 와서 다른 곳으로 와 있었다.

"김정구는 태백으로 들어간 것이 맞습니까?"

현장으로 나온 한재영이 중요한 사항들을 보고해줬다.

"위성으로 추적해본 결과, 비밀 마을에 있는 것으로 확인되었습니다."

차준혁이 미간을 구겼다.

"거기서 마지막 저항을 하겠다는 의미군요."

"저희가 생각할 때에도 그런 듯싶습니다. 하지만 검찰에

다가 어떻게 알려야 할지…….”

한재영이 위성으로 관측한 것은 김정구뿐만이 아니었다. 마을에서 대기 중이었던 헬하운드와 용병들이 그와 함께 있는 것으로 나왔다.

총기를 소지한 이들이기 때문에 군대가 나선다 해도 유혈 사태를 피하기가 어려웠다.

“긴급 사태이니 우리가 직접 나서도록 하죠. 현장 요원들은 지금 어디에 있습니까?”

“비밀 마을 바깥쪽에서 대기 중입니다. 그런데 대표님께서 직접 나서실 겁니까? 차라리 제보해서 경찰특공대가 움직이도록 함이 어떻습니까?”

한재영은 걱정스런 말투로 물었다. 김정구가 궁지에 몰린 상황에서 무슨 짓을 할지 모르기 때문이다.

“이런 일을 위해 우리가 존재하는 것이 아니겠습니까. 그러니 각오는 충분히 해야죠.”

“준혁 씨.”

옆에서 지켜보던 신지연이 조용히 차준혁을 불렀다.

“걱정 말아요.”

“하지만…….”

걱정이 가득한 목소리였기에 차준혁은 그녀의 손을 꼭 잡아주었다.

“이제 마지막이에요. 더 이상은 없을 거예요.”

신지연은 대답 대신 고개를 끄덕였다.

"지연 씨는 여기에 있어요. 저는 빨리 다녀올게요."

그 말을 끝으로 차준혁은 요원의 안내를 받아 숲으로 들어갔다. 어느 정도 안으로 들어가자 대기 중인 요원들과 만날 수 있었다.

물론 배진수와 김욱현도 당연하다는 듯 그곳에 있었다.

"오셨습니까!"

현장 책임자인 배진수가 대표로 차준혁을 맞이해줬다.

"인원이 모두 어떻게 되죠?"

"적들의 실력을 고려해 최정예로 12명만 선출했고, 30명 정도를 숲 바깥과 도로 쪽으로 포진해뒀습니다."

나름대로 퇴로를 차단해 놓기 위해서였다.

"상대방은 기관총으로 무장한 상태입니다. 그리고 국외로 도망치지 않고, 이곳으로 온 것이라면… 최악의 상황으로 마무리를 지을 생각인 거겠죠."

김태선을 대통령으로 만들기 위해 40년이 넘도록 세상을 속여 왔다.

그런 계획이 한순간에 무너져버렸으니 김정구에게는 모든 것이 끝나버린 것이나 마찬가지였다.

"그렇다면 함정이 아닙니까."

"하지만 남에게 맡길 수도 없는 일이죠."

천근초위는 차준혁에게 있어서 시작이자 끝이었다.

물론 지금과 같은 일은 계획에 없었지만 스스로 맺을 수밖에 없었다.

그렇기에 무리를 좀 하더라도 직접 움직이려고 했다.

"이 전투복을 착용하시면 됩니다."

그사이 김욱현이 전투복을 챙겨와 내밀었다.

차준혁은 곧장 갈아입었다. 남은 짐은 다른 요원이 흔적을 남기지 않도록 모두 회수해 갔다.

"후우… 제압을 최우선으로 합니다. 하지만 목숨이 위험할 때는 어떤 식으로든 공격을 허가하겠습니다."

"옙!"

차준혁이 지시를 내리자 모두 조용히 대답했다.

그리고 숲 안쪽을 향해 천천히 움직였다.

"……."

김정구는 권총을 쥔 채로 마을 중앙에 위치한 단상에 걸터앉아 있었다. 그의 주위로는 기관총으로 무장한 헬하운드 용병들이 포진한 상태였다.

"큭큭큭……."

조용히 생각하던 김정구는 실소를 흘렸다. 그러면서 단상 앞에 놓인 2명의 영정사진으로 눈길을 돌렸다.

생전에 얼굴도 보지 못한 조부인 박제순과 지금의 자리를 만들어줬던 김제성의 사진이었다. 그런 두 사람이 아니었다면 지금의 천익도 존재하지 못했을 것이다.

하지만 모든 것이 끝장나고 말았다.

"어찌… 이리도 허탈하게 끝나버린 거지?"

절대 방심하지 않았다. 어떤 일이든 깔끔하게 처리해 왔고, 실패하게 된 것도 불과 얼마 전부터였다.

그전까지는 어떠한 실수도 없었다. 김태선을 대통령으로 만드는 것까지 아무런 문제도 없어야 했다.

"…말도 안 돼."

"어르신… 괜찮으십니까."

헬하운드의 대장 윤태식이 조심스럽게 물었다. 도망치지 않은 지금의 상황을 누구보다 직감했기 때문이다.

"…괜찮다."

"지금이라도 늦지 않았습니다. 어르신만이라도 항만을 통해 해외로 도피하십시오. 뒷일은 저희가 맡도록 하겠습니다."

윤태식은 한편으로 김정구가 지금과 같은 결정을 내린 것이 이해되지 않았다.

그래서 더욱 조심스럽게 물은 것이다.

"되었다. 이제 되었어."

"어르신!"

지금처럼 김정구가 모든 것을 내려놓은 이유는 대선 토론 방송이 터지기 전, 천근초위 기업들의 상황을 접한 이유에 있었다.

검찰의 수사로 하락한 기업들의 주식과 채권을 누군가

은밀하게 사들였다는 정보였다. 자금이 대부분 동결되어 움직일 수 없었던 천근초위는 그것을 막지 못했다.

결국 김태선이 대통령에 오르지 못하면 모든 것이 끝나 버린다는 의미와 같았다. 끝내 방송으로 대형 사고까지 터지면서 김정구는 지금의 장소로 급히 도망쳤다.

"더 이상 갈 곳은 없겠지……."

천익의 아이들 때문에 해외에서 돌던 자금까지 국내로 들였다. 물론 아직 상당한 자금이 남아 있긴 했지만 최종 목표를 이루지 못했다.

오랜 세월을 들여 준비했던 만큼 허탈할 수밖에 없었다.

"그렇다고는 하지만… 어째서 이곳에……."

윤태식의 물음에 김정구는 탄식을 흘렸다.

"녀석들이 우릴 노린 것이라면 알아서 찾아오지 않겠나. 피를 보고 싶지 않다면 말이야."

정체불명의 조직은 어떤 식으로든 국익에 반하는 행동부터 막아 왔다. 게다가 언제나 자신들보다 앞서서 움직였다.

그렇다면 지금의 행동도 알고 있을 것이 분명하다고 김정구는 생각했다.

"그 녀석들이 이리로 온다는 말입니까?"

"오지 않을지도 모른다. 만약 그렇다면… 우리는 다음을 기약해야겠지."

최종적으로 조직의 정체가 궁금했기 때문이다.

치지직!

그 순간 윤태식의 가슴팍에 매달린 무전기가 울렸다.

—적입니……!

용병 부하의 목소리였다. 그러나 무전기에서 흘러 나온 목소리는 끝을 맺지 못하고 끊기고 말았다.

"왔나보군."

"바로 대처하도록 하겠습니다."

윤태식은 대답과 함께 주변에 서 있던 부하들을 불러 모아 작전을 세웠다.

한편, 차준혁은 아슬아슬하게 무전을 흘려보낸 적의 부하를 제압하고 미간을 찌푸렸다.

"역시 낮에는 조용히 처리하기가 어렵군."

"전방에서 천익의 용병들이 몰려오고 있습니다."

뒤로 다가온 배진수가 상황을 전달했다. 방금 전 무전 때문에 멀리 포진해 있던 용병들이 다가오는 것이다.

"지금부터는 제가 앞으로 나가겠습니다."

"알겠습니다. 저희는 후방에서 지원하겠습니다."

사실 무전을 치던 용병에 대한 대처가 늦었던 이유는 IIS 요원들의 움직임이 흐트러졌기 때문이다. 배진수 역시 그 것을 알기에 겁 없이 나서기보다는 차준혁의 지시를 따랐다.

"그럼 부탁합니다."

차준혁은 마스크를 올리면서 초감각을 최대치로 끌어올렸다. 그와 동시에 섬뜩한 살기가 최고조에 오르면서 숲의 분위기가 스산해져 갔다.

'이 감각도 오랜만이군.'

한동안 수사에만 집중하다보니 초감각을 쓸 일이 없었다. 그런 감각이 전신을 지배하니 차준혁은 가벼워진 발걸음으로 빠르게 전진했다.

"적이다!"

거리가 가까워지자 용병들은 차준혁을 발견하고 총구를 겨누었다.

피피피픽! 피피픽!

탄환이 발사되자 차준혁은 증폭된 시력으로 방향을 확인하며 뛰어올랐다. 그와 동시에 용병들의 총구도 위로 향했다.

차준혁은 나무를 차고 더욱 높이 날아올랐다.

그때부터 진짜 전투가 시작되었다.

살기로 용병들의 감각을 어지럽히면서 한 명씩 근접전으로 쓰러뜨렸다.

퍼퍽! 퍼퍼퍽! 퍽!

용병들의 급소에 적중한 차준혁의 주먹과 무릎은 깊숙이 파고들었다. 그로 인해 용병들은 대부분이 일격에 쓰러지고는 일어나지 못했다.

"뒤로 물러나라!"

위험은 느낀 용병대장이 급히 퇴각 신호를 보냈다.

그러나 차준혁은 더욱 빠르게 다가가 적진을 휘저었다.

추풍낙엽처럼 쓰러져 간 용병들은 자신들 사이로 들어온 차준혁을 막지 못했다. 물론 그 틈에 IIS최정예 요원들이 후방으로 다가와 용병들을 하나씩 제압해 나갔다.

"후우……."

한곳으로 몰려든 용병 30명이 순식간에 해결되었다.

그 뒤에 다른 용병들이 몰려오지 않는 것으로 보아 상황 파악 중인 듯했다.

"괜찮으십니까?"

상황 정리를 마친 배진수가 급히 다가와서 물었다.

"멀쩡합니다. 이대로 중앙까지 들어가죠. 아, 한강수 요원은 목표지점에 도착했답니까?"

"아까 전까지는 이동 중이라고 했습니다. 다시 확인해보겠습니다."

배진수는 무전기를 작동시켜 한강수에게 연락을 넣었다. 그리고 대답을 듣고서는 곧장 알려주었다.

"5분 전 저격 포인트를 확보했다고 합니다. 그리고 센터의 보고로는 마을로 인원들이 집중되는 중이라고 했습니다."

IIS는 최신 기술로 개량한 드론을 통해 고공 시야를 확보해 놓았다. 거기에 설치된 체열 감지기로 용병들의 움직임들을 확인할 수 있었다.

"잘됐군요. 그럼 들어갑니다."

그 말을 끝으로 차준혁은 곧장 마을이 있는 곳까지 달렸다. 센터에서 보고받은 대로 용병들이 마을로 몰리면서 숲길이 뚫려 있었다.

차준혁은 계속 달리던 중에 순간 발을 멈췄다.

"…왜 그러십니까?"

그곳은 나무가 심어지지 않은 널따란 공터였다.

"잠시만 기다려주세요."

차준혁은 공터 끝에 위치한 나무등치로 걸음을 옮겼다.

예전에 싸웠던 홍이명이 숨을 거두었던 자리였기 때문이다.

"……."

하지만 요원들이 기다리고 있었기에 오래 걸리지는 않았다. 잠시 쪼그려 앉았던 차준혁이 몸을 펴고 일어섰다. 그리고 다시 걸음을 옮겨 마을로 향했다.

거리가 점점 가까워지자 IIS요원들은 태중의 호흡을 사용해 최대한 기척을 지웠다. 물론 차준혁도 살기를 억제하면서 그들과 함께 마을로 다가갔다.

'여기서 싸우겠다는 건가?'

아직 용병들이나 김정구는 보이지 않았다. 그 탓에 차준혁은 얕게 살기를 끌어올려 청력을 증폭시켰다.

하지만 바람과 나뭇잎 부딪치는 소리만 들려올 뿐, 어느 누구도 입을 열지 않는 듯싶었다.

'우릴 기다리는 중인가?'

생각을 마친 차준혁은 무전기로 센터에 연결했다.

"여기는 MAD Zero. 적들의 상태는?"

―건물로 배치되어 숨어 있습니다. 정확한 위치는 파악한 대로…….

"아닙니다. 저희가 알아서 하죠."

애매한 정보는 오히려 방심을 만들 수도 있었다.

차준혁은 대략적으로 포진된 방향만 전해 받고서 무전을 마쳤다. 그리고 옆으로 서 있던 배진수를 보면서 생각해둔 계획을 꺼냈다.

"적들은 건물에 숨어서 진입할 우리를 기다리고 있을 겁니다. 그러니 3개로 조를 나눠 건물들을 각개격파해야 합니다."

아무리 전투 실력이 좋은 차준혁이라도 건물과 건물 사이를 오가면서 싸우기는 어려웠다. 그러니 요원들과 함께 움직여 신속하게 처리해야만 했다.

"알겠습니다."

"신호는 제가 한쪽으로 치고 들어가면서 그릴 겁니다. 그때부터 시작하시면 됩니다."

차준혁은 옆구리에 차고 있던 라버건을 꺼내들었다.

고무탄환을 사용하기 때문에 사람을 죽일 만한 위력은 없었다.

"그걸 사용하실 겁니까?"

요원들도 가지고 있긴 했지만 지금까지는 마취 총을 위주로 사용했다. 2시간은 그대로 잠재워버리니 어떤 병기보다 제압하는 데 효과적이었기 때문이다.

"혼자서 다수를 제압하려면 이게 제격이거든요. 아무튼 저는 먼저 출발하겠습니다."

차준혁은 태중의 호흡으로 기척을 죽인 채 숲으로 크게 우회하며 뛰었다. 그렇게 계속 달려 아군이 있던 곳과 반대쪽인 위치까지 도착할 수 있었다.

"흐읍……!"

살기와 함께 초감각을 일으키자 또다시 숲 속의 분위기가 스산해져 갔다. 그와 동시에 차준혁의 청력이 증폭되면서 숨어 있던 적들의 심장박동소리가 잡혔다.

두근! 두근! 두근!

'11시로 3명, 2시로 4명, 밑으로 2명인가?'

스산해진 분위기 탓에 적들도 긴장하면서 심장소리가 더욱 커진 것이다.

'생각한대로 움직이길 바라야지.'

기대고 있던 나무에서 떨어진 차준혁은 몇 걸음 더 물러나 라버건을 치켜들었다. 그리고 나무를 향해 겨주고서는 탄도의 각도와 방향을 계산하고서 쏘았다.

타탕! 타타탕! 타탕!

고무로 된 탄환은 빠르게 날아가다가 나무와 건물 외벽에 부딪치며 튕겼다. 이내 유리창 깨지는 소리가 들리더니

적들이 총을 발사했다.

다들 소음기를 낀 탓에 커다란 총성이 아닌 날카로운 바람 소리만 들려왔다. 물론 그 상황을 짐작한 차준혁은 급히 옆으로 빠지면서 계속 고무탄환을 도탄(跳彈)으로 쏘아댔다.

"이 정도면 여기로 급습한 줄 알겠지."

도탄을 이용한 이유가 바로 여기 있었다. 적들에게 혼자가 아닌 다수로 느껴지게 하기 위해서였다.

때문에 적들은 건물 외벽 밖으로 잠깐씩 총구를 내밀면서 공격해 왔다. 물론 그것에서 그치지 않고 엄호 사격과 함께 점점 숲으로 다가왔다.

파팍! 파파파팍!

그 순간 몇몇의 적들이 뒤로 나가떨어지면서 일어나지 못했다. 원거리에서 저격당한 것이다.

때문에 적들은 더 이상 다가올 수가 없었다.

치지직!

그때 차준혁의 무전기가 울리면서 유강수의 목소리가 들려왔다.

—여기는 MAD THREE. 지원해드리겠습니다.

"고맙습니다. 이대로 접근을 막으면서 계속 시선만 끌어주세요."

—Roger!

그사이 해가 지면서 숲 속이 점점 어두워졌다.

차준혁은 건물 뒤로 우회해 들어섰다. 어둠을 틈타 기척까지 완전히 죽였기에 누구도 알지 못했다.

물론 반대쪽에서 대기 중이던 배진수에게도 신호를 준 상태였다. 양 방향에서 전투가 시작된 것이니 마을은 시끄러워져 갔다.

"아까 전에 4명은 처리했고, 새로 튀어나온 녀석들이 5명. 기존에 있던 놈들까지 하면… 10명이 남은 건가?"

타탕! 탕!

계산을 마친 차준혁은 다시 감각을 끌어올리면서 라버건을 쏘았다. 벽으로 튕긴 고무탄환은 그대로 숨어 있던 용병들의 목이나 머리로 직격했다.

그 후 차준혁은 창문을 통해 건물로 들어갔다. 그리고 숲을 향해 총을 쏘아대던 용병에게 다가가 조용히 기절시켜 버렸다.

날카롭게 울리던 총성이 점점 줄어들었다.

애초부터 유강수의 저격으로 죄 없는 나무들만 쏘아댄 것이니 아무런 피해도 없었다.

"여긴 끝난 건가?"

유강수의 엄호 사격 덕분에 적들의 시선을 확실하게 끌었다. 물론 차준혁도 중간 중간에 숲 속에서 쏜 것처럼 도탄을 사용했다. 그로 인해 마을의 서쪽을 지키고 있던 용병들을 모두 타개할 수 있었다.

치지직—

"여기는 MAD ZERO. 동쪽 상황은 어떻습니까?"

배진수에게 무전을 넣자 곧바로 대답이 들려왔다.

—마스터께서 시선을 끌어주신 덕분에 쉽게 제압할 수 있었습니다. 다음 지시를 내려주십시오.

"그대로 남쪽과 북쪽을 칩니다. 중앙은 제가 가도록 하죠."

동쪽과 서쪽의 교전에도 다른 방향에 배치된 용병들은 움직임이 없었다. 물론 그 상황은 멀리서 상황을 지켜본 유강수를 통해 들을 수 있었다.

—Roger!

그의 대답과 함께 차준혁은 살기를 풀풀 풍기면서 중앙으로 향했다. 물론 정면이 아닌 건물 사이를 지나면서 숨어 있던 용병들을 하나하나 처리해 나갔다.

퍼퍽! 퍼퍼퍽!

용병들은 잔뜩 긴장하고 있었음에도 차준혁의 기척을 느끼지 못한 채 쓰러졌다.

이내 김정구가 있는 마을 중앙 앞까지 도달했다.

단상 주변으로 10명 정도의 용병들이 장애물 뒤에 숨어 포진한 상태였다. 그리고 단상 중앙에 앉아 있는 김정구를 발견할 수 있었다.

'작정하고서 지키고 있군.'

수류탄이라도 있다면 모를까, 원형 포진은 어느 방향에서나 습격에 대비할 수 있었다. 특히 지금처럼 탁 트인 장소에서는 그들에게 어떤 경우보다 우위였다.

'그렇다면… 위로 덮치는 수밖에 없나?'

지금 뛰쳐나간다면 아무리 총알을 피할 수 있다고 해도 벌집이 될 수밖에 없었다.

단상에 앉아 있던 김정구는 꼼짝도 하지 않고 정면만 바라봤다. 저격될 수 있는 위치였지만 아랑곳하지 않고 있을 뿐이었다.

"사방이 요동을 치는구나…….."

윤태식이 조용히 옆으로 다가섰다.

"네 방향이 모두 당한 듯싶습니다."

"여기까지 우리를 몰아붙인 녀석들이니 당연한 결과겠지."

김정구는 부하들이 정체불명의 조직을 막을 수 있으리라고 생각하지 않았다. 그저 정체가 궁금했기에 차분한 표정으로 기다릴 뿐이었다.

"곧 있으면 이곳에도 들이닥치겠군요."

주변으로만 시끄럽고, 안쪽으로는 아무도 오지 않았다. 완전히 포위한 채로 들어오겠다는 의미로 볼 수 있었다.

그때 하늘에서 무언가가 떨어졌다.

그 위치는 다름 아닌 사방으로 포진해 있던 용병들의 한가운데였다.

쿵─

동시에 바깥쪽을 쳐다보던 용병들은 시선과 함께 총구의 방향을 바꾸려고 했다. 그러나 검은 인영은 엄청난 살기를 내뿜으면서 빠르게 다가섰다.

퍼퍼퍼퍽! 퍼퍽!

검은 인영의 정체는 차준혁이었다. 건물로 올라가 근력을 최대치로 끌어올려 뛰어내린 것이다.

삽시간에 3명의 헬하운드 대원들이 쓰러졌다.

그 모습에 다른 용병들이 총을 발사하려고 했지만 어느새 사라져버리고 말았다.

"어디 있지?"

"위다! 피해!"

완전히 반대쪽에 서 있던 용병들은 공중으로 떠오른 차준혁을 발견했다.

그와 동시에 차준혁은 어느새 빼 든 라버건을 쐈다.

타탕! 탕!

급소를 맞은 용병 3명이 또다시 바닥으로 쓰러졌다.

그사이 차준혁은 바닥으로 내려앉아 다른 용병들에게 달려들었다.

남아 있던 윤태식의 부하 헬하운드 4명은 그대로 목과 가슴, 허리의 급소를 가격당하면서 나뒹굴었다.

철컥!

그 순간 김정구의 옆을 지키고 있던 윤태식이 권총을 들어 겨누었다. 고작 5m 정도 떨어진 거리였기에 빗나갈 확률은 거의 없었다.

"드디어 잡았군."

윤태식은 절대 놓치지 않겠다는 듯이 차준혁을 향해 천천히 걸어왔다. 거리가 점점 가까워질수록 권총의 조준이 빗나갈 확률이 0%에 가까워졌다.

그럼에도 차준혁은 피하지 않았다.

마스크 밖으로 나온 눈으로 윤태식을 쳐다봤다.

"……."

"곧 죽을 녀석이 눈빛은 살아 있군. 어르신. 어떻게 할까요?"

김정구는 단상에 앉은 채로 그를 쳐다보고 있었다.

그러다가 몸을 일으키더니 천천히 말했다.

"가면부터 벗겨라."

"알겠……."

고개조차 돌리지 않고 대답한 윤태식은 차준혁의 머리 쪽으로 손을 뻗었다.

탁— 퍼퍽! 퍽!

그 순간 차준혁은 권총을 겨눈 그의 팔부터 잡아 꺾으며 위로 뛰어올랐다. 태무도의 용절(龍節)에 이어 전추(顚墜)로 연결한 동작이었다.

뚜둑!

동시에 윤태식의 오른쪽 팔꿈치에서 소름끼치는 소리가 들려왔다. 그 탓에 윤태식은 권총을 일부러 놓은 뒤 급히

팔부터 잡아 뺐다.

"크윽… 이 개자식이……!!"

방심도 없던 사이에 만들어진 역전이었다.

물론 차준혁은 처음부터 잡힌 것이 아니었다.

그를 충분히 제압할 수 있었지만 어떻게 나오는지 지켜본 것뿐이었다.

"홍이명을 죽인 녀석이었나?"

그 광경을 보던 김정구는 예전에 마을을 침입했던 사내를 떠올렸다.

"그렇다면……?"

으득.

"윤태식! 어떻게든 잡아 저 녀석의 가면을 벗겨내라!"

어쩌면 천근초위의 기반이 무너지기 시작한 것은 마을에 침입자가 있던 시기부터였다. 그 원흉이 눈앞에 있으니, 김정구의 눈빛은 살벌해질 수밖에 없었다.

"알겠습니다!"

윤태식은 아슬아슬하게 빼냈던 팔꿈치를 주무르다가 차준혁과 대치했다. 그도 헬하운드의 대장으로서 웬만한 실력을 갖추고 있었다.

"홍이명보다 못한 실력으로 날 이길 수 있을 거라고 생각하나?"

반면 차준혁은 방금 전 공방으로 윤태식의 실력을 완벽하게 파악했다. 낮은 실력은 아니었지만 홍이명에게 한참이나 미치지 못한 실력이었다.

그 순간 윤태식의 시간이 팔을 빼면서 놓쳤던 권총으로 향했다.

격투로 승산이 없으니 무기를 들겠다는 심산이었다.

타다다닥—

수를 들켰다고 생각한 윤태식은 총을 향해 움직였다.

물론 차준혁도 가만히 있지 않고서 그런 그를 향해 달려들었다.

"걸렸구나!"

스르릉!

그 순간 윤태식은 급히 몸을 멈추며 허벅지 쪽에서 단검을 빼 들었다.

차준혁의 행동에 틈을 만들어 반격하기 위함이었다.

"…어?"

하지만 차준혁의 목이 있어야 할 자리에는 아무것도 없었다. 윤태식은 괜한 허공에다가 칼질을 하고서 주변을 살폈다. 그리고 아까처럼 위로 뛰어오른 것이라 생각하는지 고개를 급히 쳐들었다.

퍼퍼퍽!

그의 생각과 반대로, 차준혁이 나타난 곳은 아래였다.

뛰어오르는 척하고서 급히 고개를 숙인 뒤에 시야 밖으로 빠져나간 것이다. 이후 차준혁의 주먹이 그의 등과 목의 급소를 정확히 파고들었다.

"크읍……!"

"맷집은 봐줄 만하네. 하지만 그뿐이지."

만약 홍이명이었다면 진즉에 알아채고서 반격해 왔을 것이 분명했다. 그러나 누구보다 강했던 홍이명은 눈앞에 서 있는 김정구에게 장기말보다 못한 취급을 받고 죽었다.

차준혁은 그런 홍이명과 적이었음에도 실력만큼은 어떤 이보다 인정하고 있었다.

털썩—

윤태식이 기절한 채로 쓰러지자 차준혁은 천천히 김정구에게 걸어갔다.

"…결국 여기서 끝인가? 이렇게 허무할 줄 알았다면 테러라도 일으킬 걸 그랬군."

마을을 지키던 수십 명의 용병들은 여전히 정체도 알지 못한 존재들에게 당해버렸다. 게다가 믿어 의심치 않던 헬하운드조차 단 1명에게 전멸했다.

이제 남은 것은 김정구뿐이었다.

"너희들은 대체 누구지? 왜 우리가! 내가 하는 일에 사사건건 방해하느냐는 말이다!!"

차분해 보이던 김정구가 감정이 격앙됐는지 크게 소리쳤다. 그럼에도 차준혁은 아무런 미동조차 하지 않은 채 그를 쳐다보기만 했다.

"말하라고!"

그 순간 김정구는 들고 있던 권총을 차준혁을 겨누었다.

그리고 노성(怒聲)과 함께 방아쇠를 잡아 당겼다.

탕! 타탕! 탕

하지만 차준혁은 가볍게 탄환을 피하면서 그에게 한 걸음씩 다가섰다.

"오지 마! 오지 말라고!"

탕! 타타탕! 탕! 철컥! 철컥!

계속 발사되던 권총은 탄환이 떨어졌는지 허무한 탄착소리만 울려댔다. 그사이 차준혁은 김정구의 코앞까지 도착해서 그를 노려보았다.

"네, 네 녀석들은 대체……!!"

"우리가 정체를 알려줄 거라 생각하나? 너희들은 평생이 지나도 우리에 대해 알 수 없을 것이다."

차준혁의 전신에서는 여전히 섬뜩한 살기들이 넘실거렸다. 그런 분위기를 코앞에서 느낀 김정구는 생전 처음으로 공포라는 것을 맛보았다.

다리가 후들후들 떨리면서 동공이 지진이라도 난 것처럼 가만히 있지 못했다.

"너희들은 죽을 때까지 바깥세상으로 나오지 못할 거다. 만약 나오더라도 어떤 곳에서도 발붙이지 못하도록 만들어주지."

차준혁은 어떤 때보다 진심이었다.

그만큼 천근초위에 대한 증오가 컸다.

지금까지 계획을 실행하면서도 상당한 시간이 지났지만

그 감정은 사그라지지 못했다.

김정구는 떨리는 입술을 꾹 물면서 말했다.

"우리가 네 녀석에게 무슨 짓이라도 했나…? 그래서 이렇게까지 하는 것인가……?"

"그래. 너희들이 나에게 그럴 만한 짓을 했지."

"우리가 무엇을 잘못한 거지?"

문답이 이어지자 김정구는 오랜 의문을 풀 수 있을 것이라고 생각했다. 그러나 차준혁은 그 물음에 대답을 줄 의도가 전혀 없었다.

"철창에서 생각해봐라. 너희들이 무엇을 잘못했는지 말이야."

휙!

말을 끝마친 차준혁은 그대로 뒤로 돌아 걸어갔다.

"말하라고! 우리가 무엇을 잘못했느냐는 말이다!"

김정구는 그런 차준혁을 차마 잡지 못하고 제자리에만 서서 소리를 질렀다.

차준혁은 살짝 고개를 돌린 채로 대답을 이어갔다.

"떠올리지 못한다면 언제까지든 살아 있어라. 그럼 우리가 네 녀석이 죽을 때까지 보여줄 테니……."

다시 걸음을 옮기기 시작한 차준혁은 뒤도 돌아보지 않았다.

김정구는 살기에서 벗어나면서 제자리에 주저앉아버렸다. 방금 전 느꼈던 공포는 어떤 때보다 강렬하게 느껴졌기 때문이다. 동시에 하늘과도 같았던 자존심이 무너지면서 앞으로 닥칠 죗값이 눈앞에 아른거렸다.

"……."

아무런 말도 하지 못하던 김정구는 용병이 떨어뜨린 권총을 쳐다보았다.

차준혁은 머리 위에서 세차게 떨어지기 시작한 밤비를 맞았다.

그러다가 고요함을 울리는 총성을 듣게 되었다.

타앙—

뒤로 돌자 거칠어진 빗줄기 사이로 바닥에 쓰러진 김정구가 보였다.

차준혁은 마스크를 벗고서 하늘에서 떨어지는 빗물을 향해 고개를 들어 올렸다.

치지직!

―여기는 MAD ONE. 상황 종료! 상황 종료!

배진수의 무전이 울리자 차준혁은 조용히 답신했다.

"Roger……."

Epilogue — 8년 후

[모이라이그룹 4년 연속 세계 기업 순위 10위 안에 들어
간 쾌거!]

[모이라이그룹에서 추진한 검찰, 경찰, 군인 복지시스템
정식 운영 승인 결정! 기존보다 직종별 위험수당 200% 인
상! 연봉 및 추가근무 수당도 약 120% 수준으로 인상 예측!]

[MR소프트 이지후 대표! 오늘 새벽 셋째로 마침내 득녀!
더불어 컴퓨터 차세대 운영OS '인터러스' 판매량 2억 돌파!]

2017년. 각종 긴급속보가 TV에서 계속 흘러나왔다.
병실에서 그걸 보던 이지후는 침대에 앉아 있던 지유희

에게 허탈하단 웃음을 지어 보였다.

"저게 뭐야? 마침내 득녀라니? 누가 보면 내가 딸만 기다렸다는 것 같잖아."

"그럼 아니에요? 맨날 딸 가지고 싶다고 노래 불러댔잖아요."

"아니, 그건……."

따끔한 지유희의 일침에 이지후는 머쓱해져서 뒷머리를 긁어댔다.

똑똑!

그때 병실 문이 두드려지더니 간호사가 귀여운 아기를 안고 들어왔다.

"아기 밥 먹일 시간이에요."

지유희는 간호사에게 아기를 건네받고서 모유 수유를 하기 시작했다.

"우쭈쭈! 혜진아! 아빠다! 아빠!"

그걸 본 이지후는 활짝 웃으면서 아기에게 말을 걸었다. 그 모습에 지유희는 자신도 모르게 웃음이 흘러나왔다.

"여보! 그보다 준희네 집에서 호진이랑 현진이는 안 데려와요?"

"녀석들이야 준희네를 워낙 좋아하잖아. 게다가 효인이랑 효연이한테 들러붙어서 안 떨어지는걸."

"그래도 너무 미안하잖아요."

티격태격하는 사이 지유희에게 안겨 있던 아기는 배가

부른지 입을 떼고서 있었다.

"다 먹었구나."

지유희는 그대로 아기에게 트림을 시키고선 조심스럽게 앉았다. 그런 모습에 이지후는 실실거리더니 조용히 물었다.

"나도 좀 안아보면 안 될까?"

"저번처럼 울면 어떻게 해요. 혜진이가 당신을 아직 어색해하잖아요."

"크윽……!"

이미 딸 바보가 된 이지후는 그런 대답을 부정하지 못하고 실망에 잠겼다.

똑똑!

그때 병실 문이 다시 두드려지더니 차준희가 얼굴을 쏙 내밀었다.

"어? 준희야!"

안으로 들어온 여인은 바로 차준혁의 여동생 차준희였다. 그녀의 등장에 지유희도 깜짝 놀랐다.

"유희 언니! 몸은 좀 괜찮아? 어머! 아기도 있네!"

"방금 전에 모유 수유했거든. 그런데 여긴 어떻게 왔어? 호진이랑 현진이는?"

"엄마가 잠깐 봐주신대. 그리고 출산했는데도 미처 못 와봤잖아."

"벌써 세 번째인데 번거롭잖아……."

지유희는 출산할 때마다 찾아와준 차준희에게 정말 고마

워했다.

"뭐 어때. 근데 지후 오빠는 왜 울상이야?"

옆으로 다가선 차준희는 이지후가 요상한 표정을 짓고 있자 미간이 찌푸려졌다.

"혜진이 못 안게 해줬다고 저래. 안을 때마다 울리면서 말이야."

"하여간 오빠는 언제 철들라고 그래?"

"신경 꺼! 근데 넌 혼자서 온 거야?"

"아니. 남편이랑 왔지. 잠깐 화장실 갔어. 오늘 비번이라서 집에 같이 있었거든."

잠시 후 병실로 이동형이 들어왔다. 그리고 아기를 보더니 차준희처럼 귀엽다는 듯이 쳐다봤다.

"여보야! 우리도 셋째 낳을까?"

이동형도 이지후와 마찬가지로 그다지 철은 없었다.

그 때문에 차준희는 팔꿈치로 그런 이동형의 복부를 강하게 찔렀다.

퍽!

"크윽……!"

"있는 애들이나 잘 돌보시지? 간부면 뭐 해. 맨날 사건이다, 뭐다 직접 뛰어다니면서 늦게 들어오고 말이야. 효인이랑 효진이가 아빠 또 놀러 오라더라!"

"미, 미안."

이동형은 현재 최연소로 총경까지 올라가 경찰청 수사과

장으로 있었다. 그렇다보니 언제나 사건에 쫓기며 집에 못 들어가기 일쑤였다.

"너희들도 여전하구나. 근데 준혁이는? 연락해서 같이 오지."

"당연히 했지. 다행히 오늘은 쉰대. 그래서 좀 있으면 올 거야. 그리고 경원이 오빠네랑 효원이도 오기로 했어."

"오늘 전부 다? 헐… 오랜만에 전부 모이겠네."

산부인과 주차장으로 은색 중형세단차량이 세워졌다. 그 안에서는 지경원과 임수희가 내렸다.

두 사람의 모습에 주변을 지나가던 사람들은 웅성거리기 시작했다.

"저 사람 명천그룹 지경원 회장님이잖아."

"맞네! 그런데 정말로 운전기사 안 쓰고 직접 운전해서 다니는 거야?"

사람들의 말처럼 지경원은 임진환 회장이 은퇴하고서 명천그룹을 계승받았다. 상당한 위치임에도 업무 외에는 기사를 전혀 쓰지 않고 소박하게 살아왔다.

게다가 차량도 고급이 아닌 국산 차량이었다. 그런 이미지 때문에 지경원, 임수희 부부는 유명해질 수밖에 없었다.

"집에서 안정을 취해야 하는 거 아니에요?"

하지만 지경원은 사람들의 시선보다 임수희에게 더 신경이 쓰였다. 그녀의 배가 남들보다 볼록 튀어나왔기 때문이다.

"안정기에 접어들어서 괜찮아요. 그리고 벌써 두 번째인 걸요."

"그래도요. 그냥 저 혼자 와도 되는데."

"다들 바빠서 오랜만에 보는 거잖아."

지경원은 그런 임수희의 손과 어깨를 잡아주고서 같이 산부인과 병동으로 들어섰다. 그러다 로비로 몰려 있는 인파를 보고서 고개가 갸웃거렸다.

웅성웅성!

"연예인이라도 왔나본데요?"

"아니요. 우리가 아는 사람이 왔네요."

누군지 확인한 지경원은 임수희와 함께 그 인파 쪽으로 걸음을 옮겼다. 그들의 등장에 몰려 있던 사람들은 자연스럽게 갈라졌다.

"오셨습니까. 형님."

그는 바로 차준혁이었다. 물론 그의 옆에는 신지연도 같이 있었다.

"경원아! 잠깐만요! 저는 문병 온 겁니다! 그러니 좀 비켜주세요!"

주위를 둘러싼 사람들은 그런 차준혁의 외침을 듣고서야 물러섰다.

"후우! 눌려 죽을 뻔했네."

"이런 공공장소에 오시는데 경호원도 안 데려오신 겁니까?"

"공무도 아닌데 무슨 경호원이야. 그 사람들도 좀 쉬어야지."

그 대답에 지경원과 임수희는 실소가 터져 나왔다.

"준혁 씨는 지금 위치도 좀 생각하셔야죠. 이렇게 혼자 다니는 줄 알면 정부에서 얼마나 기겁하겠어요."

"그게 더 세금 낭비야. 아무튼 올라가자. 지후 녀석이 늦는다고 투덜거리겠다."

"그래요. 지후 씨가 욕하는 소리가 여기까지 들리는 것 같아요."

신지연도 그 생각에 동의하는지 병실이 있는 층으로 발길을 재촉했다.

병실에 있던 사람들은 오순도순 이야기꽃을 피웠다. 그러다 문이 두드려지면서 들어온 사람들을 보고는 더욱 기쁜 표정을 지었다.

하지만 이지후만 제일 마지막에 들어온 차준혁을 보며 시끄럽게 말했다.

"이렇게 높으신 분이 우리 병실을 찾아주시다니 영광입니다요!"

"시끄러워! 닥쳐!"

"하하하하하!"

다들 그 모습에 배를 잡고 웃어댔다. 그러다 임수희가 1층 로비에서 보았던 일을 말해주자 더욱 포복절도할 수밖에 없었다.

"그러게 오빠는 경호원 좀 데리고 다녀."

"귀찮아."

황당한 대답에 옆에 선 이동형과 이지후도 한마디씩 거들었다.

"아무리 그래도 그렇지……."

"맞다. 일국의 국무총리가 어떻게 혼자 다녀?"

그와 동시에 모든 이들의 시선이 뉴스가 나오던 TV로 향했다. 거기서는 마침 정부에 관한 속보가 흘러나오고 있었다.

[최연소 차준혁 국무총리의 행정 각부에 대한 감사 시스템 도입! 제 살 깎아먹기가 아닌 적폐청산을 위한 지름길이라 발표!]

"또 일을 저지르셨네."

뉴스를 보던 이지후는 정말 황당하다는 듯이 혀를 찰 수밖에 없었다.

"어차피 해야 할 일이잖아."

"너 그냥 국무총리 관두고 모이라이로 돌아오면 안 되냐?"

차준혁은 4년 전 모이라이의 회장직을 사임하고서 정당한 절차를 밟아 국무총리에 올랐다. 그 이후 매번 정부와 행정 각부를 들쑤시는 일들만 저질렀다.

물론 지금은 퇴임한 정진한 전(前) 대통령이 뒤에서 힘껏

밀어주었기에 가능했다. 게다가 다음 대권을 잡은 문성환 대통령도 차준혁을 신임했기에 국무총리로 계속 두었다.

"거기는 구정욱 회장님이 잘하고 계시잖아."

그 말처럼 현재 모이라이를 운영하는 사람은 상무였던 구정욱이었다.

"그 아저씨가 요즘 죽는 소리를 하시더라. MR소프트야 내가 전문분야였으니 상관없지만. 그룹은 네가 했을 때처럼 운영하기 힘들다고 말이야."

"잘만 하시던데 뭘. 난 몰라. 내가 하고 싶은 대로 할 거야."

차준혁은 잔소리가 점점 늘어나자 바람을 쐬기 위해 병원 중간 옥상으로 나왔다. 그러자 신지연도 뒤따라 나오더니 옆에 서서 도시풍경을 봤다.

"벌써 8년이나 흘렀네요?"

"그러게…요."

노을이 저물어가는 도시풍경은 어떤 때보다 따뜻하고 평온했다.

"당신이 아니었다면 이런 미래는 없었겠죠?"

"아마도……?"

8년 전, 검경합동수사본부는 천근초위를 뿌리째 뽑아버렸다. 모든 증거가 확보된 상태로 친일파조직이란 것까지 드러나면서 세상도 같이 혼란스러웠다.

나름 경제중심에 놓인 기업들이 흔들리면서 대한민국의 위기도 찾아왔다.

하지만 모이라이가 연을 맺어 놓은 기업들과 힘을 합쳐서 정부를 도와주었다. 게다가 콩고민주공화국에서도 도움을 주어 위기를 넘길 수 있었다.

그 이후에는 각자 행복을 찾아갔다.

물론 중요한 선택의 기로도 있었다. 그건 겨레회와 IIS의 존재였다. 거대했던 악을 처단했으니 그 역할을 다한 것이다. 그대로 둔다면 자칫 악용당할 위험도 있었다.

차준혁은 그런 상황을 방지하기 위해 IIS의 교육기관만 놔두고서 모든 시스템을 봉인시켰다. 차후 그 역할이 다시 필요할 때 꺼낼 수 있도록 말이다.

곰곰이 생각에 잠겨 있던 차준혁은 자신을 쳐다본 신지연과 눈이 마주쳤다.

"근데 회사는 후회하지 않아요? 힘들게 키웠잖아요."

"안 해요. 어차피 미래의 기억으로 일군 회사인걸요. 그리고 저한테는 제일 중요한 사람이 곁에 있어주잖아요."

"…고마워요."

신지연은 그렇게 말해준 차준혁의 어깨에 머리를 기대었다. 그런 행동에 차준혁은 그녀의 어깨를 잡아주면서 이마에 입을 맞추었다.

〈매드독스 완결〉